Friedrich Kröhnke RATTEN-ROMAN

Für jeden, der
    Thomas heißt,
nein, für jenanden,
   der Thomas heißt,

   von
   Fk Kröhnke
Düsseldorf, April 1987

© Verlag rosa Winkel GmbH 1986
Postfach 620 604
1000 Berlin 62

Alle Rechte vorbehalten

Lektorat:
Elmar Kraushaar

Umschlaggestaltung:
Reinhardt & Kaiser, 8900 Augsburg

Satz:
Satzinform, 1000 Berlin 36

Herstellung:
WB-Druck GmbH, 8959 Rieden

Printed in Germany
ISBN 3-921495-83-0

Friedrich Kröhnke

Ratten-Roman

Verlag rosa Winkel

Kleymann ist ein Tagedieb

denn er ist, gegen Mittag aufgestanden, schon um zwei wieder auf dem Heimweg. Hat auch nicht viel getan, unberechtigterweise in der Essenschlange der Mensa gestanden – er ist nicht Student – und in Platons Apologie geblättert (nach dem Essen im Institut für Altertumskunde). Was er suchte, hat er gefunden, und dies gibt ihm das Gefühl, doch kein Tagdieb zu sein, und was er gefunden hat, ist die Anschuldigung des Meletos vor den Bürgern der Stadt Athen, der Sokrates sei ein Verführer der Jugend: Apologie, 24 b-c.

Wie jeden Tag unterbricht er die U-Bahn-Fahrt hier und da, um lustlos und wie als sei er dazu gezwungen in den Wühlkisten und sogenannten Bücherkarren der Antiquariate zu stöbern. Heute steigt er auch wieder einmal an der Station Dom/Hauptbahnhof aus, um über die „Domplatte" zu gehen. Der dort stets heftige Wind hindert ihn, schnell zu gehen, selbst wenn er es eilig hätte. Schlendernd und doch aufmerksam bewegt er sich zwischen den sich gegenseitig in Gruppen fotografierenden Japanern, den Souvenirständen mit Postkarten, auf denen blöde grinsend der Papst zu sehen ist, den Jungen, die schlendern und doch aufmerksam in die Runde schauen, und dem Dom, der eben doch gewaltig ist und niemanden der um ihn wimmelnden Ameisen ganz gleichgültig läßt.

Seit wann gibt es den Begriff der Rattenfängerei? Ließe sich die Anklage des Meletos vor dem Gericht der Stadt Athen auch zusammenfassend mit diesem Wort übersetzen? Einen Altphilologen fragen? Nichts los heut auf der Domplatte und den Stufen, die zu ihr hinaufführen?

Kleymann steigt in Kölns eigentliche und ganz profane Unterwelt: in den U-Bahn-Bereich zurück. Ratten soll es da geben, unter dem Rudolfplatz sogar von ihnen wimmeln. Vor dem Kiosk im U-Bahnhof steht eine große Menschenmenge jeden Alters und Geschlechts im Halbkreis um eine Lärmquelle gruppiert, aus der Stampfendes, Ohrenbetäubendes klingt. Kleymann drängt sich dazu, bemerkt, daß es sich um ein Kofferradio handelt, das auf dem Boden steht und vor dem ein Halbwüchsiger und zwei etwa Zehnjährige verzückt und verzaubert im Rhythmus der Musik Verrenkungen aufführen, als schlängelten sie in immer neuen Figuren ihren Körper um etwas Imaginäres herum, das die Umstehenden zu stumpf sind, es auch nur zu ahnen. Doch betrachten die Gaffer – türkische Greise, tätowierte Zuhälter, brave Hausfrauen, zehnjährige Fisch-Mäc-Konsumentinnen – die Körper und ihre Bewegungen sämtlich mit Wohlgefallen; und wie hätte da gerade Kleymann eine Ausnahme machen sollen? Warum weiß Kleymann nicht, was sie enthousiasmiert und treibt? Warum ist er es nicht, um den sie sich schlank und rank schlängeln und rangeln? Kleymann geht weiter.

Fährt in den Norden der Stadt und liest unterwegs, was er sich kopiert hat: Sie sagen, Sokrates ist doch ein ganz ruchloser Mensch und verdirbt die Jünglinge. Und wenn sie jemand fragt, was doch treibt er und was lehrt er sie: so haben sie freilich nichts zu sagen, weil sie nichts wissen; um aber nicht verlegen zu erscheinen, sagen sie dies, was gegen alle Freunde der Wissenschaft bei der Hand ist, die Dinge am Himmel und unter der Erde, und keine Götter glauben und Unrecht zu Recht machen.

Kleymann kommt heim zur Meike

Sonderbar, daß Kleymann auf seinem umständlichen Weg nach Hause gerade an jeder Buchhandlung stehenbleibt; denn am Leipziger Platz im Kölner Norden wohnt er im ersten Stock unmittelbar über einem solchen Geschäft. Aber wer da erstaunt ist, kennt die Wühlkisten der Buchläden nicht, die zwar oft, aber durchaus nicht immer die stets gleichen Titel stark herabgesetzt bieten. Im übrigen versteht sich Kleymann als Stadtneurotiker, dem bei aller Orientierung an Fortschritt und Aufklärung letzter Aufschluß über die Sinngebung seiner ruhelosen Handlungen selber verschlossen ist. Meike dagegen, die schon zuhause ist, als er die Wohnungstür aufschließt, sind viele von Kleymanns „Neurosen" fremd; sie kauft ihre Bücher unten im Haus.

Meike ist dicklich. Zu der Nutz-, Trutz- und Schutzgemeinschaft, die sie mit Konni Kleymann im Jahre 80 eingegangen ist, hat sie als sichtbares Zeichen die rustikale Küche beigetragen: Eckbank, Tisch, Stühle und Wandschrank in folkloristisch-behäbig-gefälliger Art, und zwischen ihnen waltet sie und bietet dem Heimkehrenden Palatschinken an, noch warm, weil zwischen zwei Tellern bewahrt, und Kaffee, der grade fertiggeworden ist.

„Hast du Platon kopiert?" fragt Meike. Kleymann hat zum Kaffee an der Eckbank Platz genommen, die er nun im vierten Jahre mitbenützt und liebt, aber eben als Meikes Beitrag zur Wohngemeinschaft ansieht und damit nicht als „seine" rustikale Eckbank.

„Ich hab genau die Stelle, die ich brauche."

„Heißt es denn: verführt, an dieser Stelle?" fragt Meike, „wörtlich?"

„Ja, und ich bin schon zufrieden. Lieber wäre es mir wohl, auch das Wort Rattenfängerei würde fallen, von diesem Wort aber weiß ich noch nicht mal, seit wann es das gibt."

„War das denn im ‚Gastmahl', wo du die Stelle gefunden hast?"

„Nein, in der Apologie."

„Ich dachte nur, weil doch das Gastmahl das ist, wo Sokrates von der Liebe und den Jungen redet. Ich habe noch einmal überall nachgeguckt. Hab dir den Kleinen Pauly drüben hingelegt."

„Das ist lieb, Meike." Kleymann ist, wie stets, irritiert, wie aufmerksam Meike seine Bemühungen verfolgt, seine Sache betreibt, Gemeinsamkeit mit ihm sucht und Geborgenheit herstellt. Sie hat auch in der Uni wieder Kaffeeweißer gemopst.

Meike studiert (Geschichte und Völkerkunde). Meike ist nicht, wie man so sagt, Kleymanns Freundin. Meike ist nicht, wie man leider auch sagt, mit ihm intim. Aber sie wohnt offenbar auch nicht nur mit ihm am Flur.

Kleymann tut, was er assoziieren nennt

In sein Zimmer zurückgezogen, unter dem Poster, das Biermann auf der Weidendammer Brücke zeigt, dem geöffneten Fenster gegenüber, das auf den Leipziger Platz geht, „assoziiert" Kleymann. Von der sogenannten Domplatte, den dort lungernden Strichjungen, Gurus und Pennern, den fotografierenden Japanern gehen seine Gedanken mühelos zu dem Vormittag, an dem er mit Fabi den Dom bestiegen und mit ihm auf die Stadt hinuntergeblickt hat; es war das letzte Mal, daß Fabi ihn besucht hat, und ist vier Jahre her.

Kleymann vergleicht das, was mit Fabian war, mit den flüchtigen Kontakten, die er seitdem zu anderen Jungen gehabt hat, und der Vergleich fällt für diese schäbig genug aus. Wie sich sein Herz zusammenzuziehen scheint – man kann das trainieren, und Kleymann hat es trainiert –, wenn Frühlingsluft ist und ihn die Beine der Schuljungen an Fabis Beine erinnern, die blühenden Bäume an seine Haut und seine Stimme (aber wie das?) und die verwaiste Domplatte an den Tag, an dem Fabi das letzte Mal weggefahren ist. Die Jungen, die Kleymann in den Jahren 80, 81, 82, 83 und 84 besuchten, haben keinen der Namen, keines der Schlagwörter und keine der Melodien auch nur je gehört, die in der zweijährigen Beziehung des damaligen Studenten mit dem damaligen Mittelstufenschüler als Leitmotive in allem und in alles geisterte. Till the next Good-bye – kenn ich nicht. Wandzeitungen der Schülervertretung – les ich nicht. Achselzucken herrscht vor.

Gibt es überhaupt noch Gymnasiasten? Beim „Assoziieren" und im Gespräch mit der Meike hat Kleymann die Frage öfters schon ernsthaft aufgeworfen. Gibt es die stirnband-geschmückten, flaumbärtigen Idealisten noch, deren Parka-Taschen die eigentümlichsten, eigenwilligsten und unerwartetsten Dinge enthalten: Scherzartikel für öde Schulstunden, Mofa-Schlüssel, Taschentuch mit Samenflecken, Carlos Castaneda, Roten Kalender?

Türkische Arbeitslose, Skin head genannte Glatzköppe, entlaufene Heimzöglinge, Schnüffel-Süchtige, Tätowierte machen den Großteil derer aus, die Kleymann auf seinen unschlüssigen Gängen über die Domplatte wahrnimmt. Soll er woanders langgehen? Findet er dann wieder Fabis (und Svennis und Flips, die gab es damals schließlich auch), Freunde, wie er sie sich in den Kopf gesetzt hat, und kleinbürgerlich wie er? Vielleicht fände er auch dann nur solche mit dem, was man walk-man nennt, Kopfhörern, mit denen sie umherwandeln, als seien es Ohrenschützer. Vielleicht die Geschniegelten. Die Popper und Rollbrettchen-Fahrer. Reiter auf sogenannter neuer Welle. Der Hauptvorzug der Fabis war, daß sie über Eigenschaften, Gewohnheiten und Symbole verfügten, die noch Verbindungen zu der Zeit zuließen, da Kleymann seinerseits vierzehn war, und das war im unerträglich oft genannten Jahr 68.

Kleymann zieht Flip, dem Blonden, Langhaarigen, dem Mofa-Rocker und Schwarzfahrer, den Reißverschluß runter. Kleymann „assoziiert", und das geht oft ins Onanieren über.

Aloysius tritt auf

„Hast du schon geschrieben? Bist du fertig? Hast du Zeit?" Nicht aufdringlich, nur fragend und durchaus charmant schiebt sich der Kopf einer abgegriffenen riesigen Stoffmaus durch den Türspalt. Kleymann sitzt an der Schreibmaschine und wendet sich um. Meike führt die Spielzeugmaus an der Hand, klar. Und die Maus ist so groß wie eine Katze.

„Ich meine", näselt die Maus, „nach der geistigen Arbeit muß auch das körperliche Wohlergehen zu seinem Recht kommen. Kaffee ist da mit Schlagsahne. Und überhaupt", näselt die Maus, „hätte Sokrates den Schierlingsbecher vielleicht nicht trinken müssen, wenn er das Schöne und Gute öfter mal in der Kochkunst seiner Xanthippe gesucht hätte. Ich meine", näselt die Maus, „wozu sich geistig bemühen, ist Staat damit zu machen? Kriegst nicht mal Sozialhilfe."

Mit dem STERN schlägt Kleymann nach Aloysius, und Aloysius entweicht durch den Türspalt, Kleymann folgt ihm in die Küche. Aloysius ist ein unangenehmer Zeitgenosse, ein garstiger Gesell, aber man muß mit ihm leben. Was er an Redensartlichem, Belehrendem und Spottendem zu näseln hat, wird von Meike genäselt, die ihn dabei in der Hand führt, es sei denn, er dringt, Reden führend, in Meikes Zimmer, dann steht Konni Kleymann hinter ihm.

Es ist üblich, die Stoff-Maus an ihrem abgegriffenen Nacken so zu drücken, daß sie mit schrägem Blick zu Boden schaut, wenn sie ihre desillusionierenden, verfremdenden und oftmals auch recht widerlichen Statements abgibt. Es ist fernerhin üblich, daß sie mehrmals am Tage auftritt; die vom Auftritt Betroffenen – Meike und Kleymann – sind daran gewöhnt wie andre an Nikotin. Daß sie Aloysius heißt, war nicht immer selbstverständlich: Ursprünglich war von „der Maus" die Rede (sie gehörte zu Meikes Besitz wie die Kücheneinrichtung), später gab es Versuche Kleymanns, Ambrosius oder Brosius als ihren Namen durchzusetzen. Zu Brosius trat später ein nur imaginärer Assistent oder Kumpan namens Ratt oder Aloysius, mit dem er schließlich verschmolz. Für die oft nihilistischen, mitunter faschistischen, stets desillusionierenden Stellungnahmen, die der Dicke zu allem und jedem abzugeben pflegt, scheint den Zusammenwohnenden Name und Begriff der Ratte recht passend, der Name eines Heiligen vielleicht auch.

„Scheuch Aloysius weg", sagt Konni, „ich will ihn beim Kaffee nicht dabeihaben." Schweigend hüpft Aloysius, von Meike am Nacken geführt, längs dem Fußboden aus der Küche; jetzt sieht man noch seinen Kübelhintern, jetzt ist schon sein dünner, langer Rattenschwanz fort und ums Eck.

Alles muß reingearbeitet werden, Kleymann schreibt einen Roman

„Liest du heute abend aus dem Roman?"
„Wenn Aloysius ausgeht solange – gern."
Eine oft, fast regelmäßig gestellte Frage (der Meike) und die frotzelnde Antwort (Konnis), die seine Freude überspielt, daß es jemanden gibt, der immer wieder hören will, was er geschrieben hat. Kleymann schreibt an einem Roman.

Dieses Projekt ist es, das dem zu einem „befriedigenden" Magister-Abschluß Gelangten bisweilen das Gefühl verscheucht, in erster Linie Tagdiebstahl zu betreiben. Mittags denkt er nach, beschafft sich benötigte Materialien, und ab dem frühen Abend schreibt er und liest am späten der Dicklichen vor. (Und verzehrt dabei seit fünf Monaten eine kleine Erbschaft an Bargeld, die nicht lange ausreichen würde, gäb es die Meike nicht.)

Was nun den Roman selber angeht, so soll er „Plädoyers vor dem Rat der Stadt Hameln" heißen. Als Grundidee gelten Kleymann die gegenwärtigen Wechselbeziehungen zwischen Jugend und Erwachsenen (einzelnen und ihrer Masse) am Beispiel eines jungen Kleinstadtlehrers, der in verschiedenem Sinn der Jugendverführung bezichtigt wird. Es ist Kleymanns Absicht dabei, die Verflechtung (politischer) Jugendrebellion mit dem, was er sexuelle Unterdrückung nennt, aufzuzeigen, das (von ihm als pädagogisch bezeichnete) Wirken einzelner „Freunde" der Jugend der brutalen Stupidität der Menge der Lehrer, Eltern und Polizisten gegenüberzustellen.

Im einzelnen denkt Kleymann an den Fall eines Studienreferendars im niedersächsischen Hameln (er hat ihm zunächst in seinen Entwürfen das Kürzel K. gegeben, wird es aber nicht aufrechterhalten, denn natürlich: Meike hat ihn einen schalen Kafka-Adepten geheißen). Dieser Junglehrer gerät in die Mühlen „dienstlichen" Vorgehens gegen ihn, weil er eine Gruppe von Schülern in einer (noch nicht näher bestimmten) unerwünschten Initiative am Ort unterstützt und weil ihm zudem eine allzu enge, wenn nicht gar geschlechtliche Bindung an einen Neuntklässler nachgesagt oder nachgewiesen wird.

Aus der Überzeugung heraus, daß die Konflikte in der von Kleymann als „spätkapitalistisch" verstandenen Gesellschaft in einem Beziehungsgeflecht stehen, zu dem auch die Wirklichkeit des stalinistisch beherrschten Staatszwillings nebenan gehört, beabsichtigt Kleymann kontrapunktisch das Schicksal eines in einer Kleinstadt der DDR gemaßregelten Lehrers einzuführen. Dabei hat er ursprünglich – denn der Plan seines Romans ist lange gereift – an eine Weigerung dieses Lehrers gedacht, dem militärischen Überfall auf die CSSR zuzustimmen; derzeit will er das Motiv „aktualisieren".

Nicht zufällig ist die Ortschaft Hameln gewählt. Sie soll ihm für bedrückende Lokalborniertheit stehen und zugleich die Aufnahme der alten Geschichte vom Rattenfänger ermöglichen, der die Kinder davonführt und dem Stadtrat eine lange Nase dreht. Denn Kleymann hat in den vergangenen Jahren seiner unbekümmerten politischen Aktivität immer wieder hören müssen, wie Mißliebige, die Wahrheiten künden oder Tätigkeiten anregen, als Rattenfänger bezeichnet wurden. So wirds dem erfundenen Referendar im Kaff Hameln ergehen. Und so auch dem anderen, noch allzu schemenhaften Lehrer in Görlitz, Kamenz oder einer anderen muffigen Stadt „jenseits der innerdeutschen Grenze".

Eine ungebrochene, durch keine Widerborstigkeit verfremdete Romanhandlung schwebt Kleymann nicht vor. Schon durch den immer wieder aufgenommenen Kontrapunkt des deutsch-demokratischen „Falls" will er Brechungen herbeiführen. Darüber hinaus beabsichtigt er Einschübe unterschiedlicher Art: so eben eigentliche „Plädoyers" verschiedener Parteiungen „vor dem Rat der Stadt Hameln", Berufsverbote-Statistiken, überraschend eingebrachte Detailkenntnisse über Ratten und vergleichbare Kleintiere.

„Alles muß reingearbeitet werden", verkündet Konni mitunter am Frühstückstisch. Was er damit meint, sind alle möglichen Kniffe zur Verfremdung seiner (wie er ahnt) doch eher anspruchslos angelegten Handlung, und er meint auch den Versuch, ein groß angelegtes Panorama aufzubauen: rechts und links, Richter und Gerichtete, Spießbürger und „Alternative" und solche, die ihre Schwänze überall hineinhängen und der materiellen und ideellen Werte viele zernagen.

Misch-Masch

Es regnet draußen, und Kleymann sitzt im Misch-Masch. Die Rothaarige, die ihm den Kaffee gebracht hat, liest in der STADTREVUE, am Fenster spielen zwei Türken Schach. Kleymann hat sein Manuskript vor sich.

Das Misch-Masch ist eines jener seit einigen Jahren so zahlreichen Alternativ-Cafés, und Kleymann begibt sich jetzt häufig dahin: aus verschiedenen Gründen.

Einmal hat er sein Selbstbildnis neuerdings so stilisiert, daß es ihm passend erscheint, vormittags (es ist Vormittag) in einem solchen Café schreibend zu sitzen. Irgendwie glaubt er, es gebe noch Romanische Cafés oder ähnliche Stätten früherer Boheme-Zeiten, und eine Wirtschaft werde zu einer solchen Stätte des Geistes, wenn er oder jemand anderes nur einigermaßen regelmäßig mit Papier und Kugelschreiber dort sitze.

Zweitens sind diese Cafés, in denen manch einer noch nachmittags „ein Frühstück" bestellt, Orte, die, wenn sie auch nicht denen gleichen, in denen er, als er ganz jung war, sich zugehörig fühlte, gleichwohl die Möglichkeit gewähren, sich in der verwirrenden Gegenwart noch immer einer Szene zuzuordnen, für die Kleymann bisweilen sogar noch das Wort „die Linke" gebraucht. Die Unterschiede sind auch ihm augenfällig, doch schiebt er sie von sich. Wenn er einst in Hinterzimmern von Buchläden unterm Mao-Poster oder unter der Wand-Aufschrift „Das Polytechnikum lebt und kämpft" auf einer fleckigen Matratze gesessen hat, so ists jetzt zwischen Kerzen und niedlichen Kleinanzeigen. Drüben liest eine Studentin „Momo".

Kleymann, der immer wieder bemüht ist, die unterschiedlichen Strömungen in der Jugendkultur und -unkultur dieser achtziger Jahre zu klassifizieren, bleibt stets auf halbem Wege stecken. Sieht den Kreis der Freunde von Neonröhren und „Coke"-Design nahtlos übergehen in die Deutschen der Neuen Welle und die Punks und die Penner und die Polizisten. Kann die Trennlinie nicht sehen zwischen Anhängern östlicher Sekten, Produzenten biologischer Kuchen und Schafwolle und den arrivierten Ehepaaren, die griechisch zu essen und bretonische Volksmusik zu hören lieben. Weiß sich selber in seinem Klassifizierungssystem nicht Platz zu geben. Redet sich ein, die in den Cafés seien ihm verläßlich. Sieht in dem Mädchen, das Momo liest, eine, die mit ihrem palästinensischen Tuch der PLO Reverenz erweist (und irrt sich da gründlich).

Das dritte der Motive, die Kleymann ins Misch-Masch führen, ist der Wunsch, Schüler zu treffen, die sich von den Jungen an der Domplatte, von den Punks und Skins und Teds und wie sie sich nennen mögen, unterscheiden. Kleymann träumt seinen Traum vom Gymnasiasten, und der Stoff, aus dem seine Träume sind, soll, so will ers, nicht auf immer vom vorigen Jahrzehnt herrühren. Und im Misch-Masch sind Schüler, in der Tat.

Sie sitzen am Nebentisch und blättern in der „Graswurzel-Revolution". Junge fährt Mädchen durchs lange Haar. Einer löst Kreuzworträtsel, einer versucht, Zigarillos zu rauchen. Kleymann freilich saß ihnen tagelang ferner als Aschenbach seinem Tadzio am Lido. Doch an diesem Regentag, siehe da öffnet sich eine Himmelstür, und Kleymann, der sich wie zufällig eingemischt hat, diktiert einem Achtklässler seine Lateinübersetzung. Sie fällt ihm leicht, das blödsinnige Personal der lateinischen Übungsstücke aus Lehrer, Knabe, Großvater und Landhausverwalter scheint noch immer in jedem Lehrbuch das selbe, und die grammatischen Anforderungen sind nicht hoch. Der bebrillte und füllige Junge entspricht keineswegs dem Bild, das sich Kleymann von Freundschaften macht, die im Misch-Masch zu knüpfen sind. Aber der Moment, in dem er diktierte, was tintenbefleckte Finger kritzeln, und in dem obendrein der neben dem Schreibenden sitzende Kumpan, langwimprig und flaumbärtig, ihm eine Zigarette anbot, die Kleymann dankend ablehnte, das war doch ein Blick in den Himmel, und er muß Meike von alldem erzählen.

Die kleine Welt des Konni Kleymann

Wie weit und offen und wohl irgendwie immer sommerlich die Welt war, als der nicht-registrierte Arbeitslose selber noch Schüler war! Beim Anblick eines der Bilder im Lateinischen Unterrichtswerk ists ihm gelungen, noch einmal selber mit den Augen seines zwölften Lebensjahrs das Bild zu schauen, das auch in seinem eignen Lateinbuch war: große, von Pinien beschattete Grabmale säumen die Appische Straße.

Wenn er damals das Bild im Lateinbuch sah, träumte er sich zum Fenster hinaus, und sieht er es heute, träumt sich Kleymann dahin zurück, wo ers zum ersten Mal sah. Die Via Appia und der Sommermorgen der eigenen Schulzeit sind eins.

Und Kleymann ist in seiner Welt, Erinnerung, Ideologie, Wahn und Utopie. Und die ist klein, diese Welt, keiner sagt ihm ja, ob sie so klein sein darf.

Diese Stadt mit ihrem Barockschloß, dem alten Rathaus, den vielen Oberschulen, auf deren Wänden „Sieg im Volkskrieg" oder „Laßt den Kommilitonen Teufel frei" geschrieben steht. Kleymanns eigene Schule liegt etwas außerhalb der alten Stadtmauern, am Kapellplatz, und

Kleymann dreht auf einem Mofa suchende Runden vor dem Schultor. Auf der anderen Seite des Kapellplatzes, hinter einer Telefonzelle, in der jedes Glück und jeder Schmerz in Einheiten zu 20 Pfennig galten, war der Hinkelsturm und hinter diesem die Uni. Im übrigen war die Stadt auf ein paar Hügel gebaut, und wo sie ins Ebene verlief, standen zwei große Fabriken. In den Freistunden ging man in die Kaufhäuser und Buchläden jenseits der Stadtmauerreste. Ein paar Straßenbahnlinien schienen mehr unnötig als angemessen. Kleymann marschierte mit Demonstranten von dem Platz vor dem AudiMax zum Haupttor einer der beiden Fabriken oder in die andere Richtung zum Weißen Turm. Mit Megafonen riefen Studenten in grünen Parkas vor dem Fahrradhof seiner Schule zu solchen Demonstrationen auf.

Kleymanns kleine Welt setzte sich aus den paar Schulen, der Uni und den etwas abgelegenen Fabriken zusammen, dazwischen waren Kapellplatz, Hinkelsturm, ein paar von den Schülern frequentierte Cafés, ein Teich, eine Pfarrei, in der man Flugblätter drucken durfte. Eltern existierten, mehrheitlich Feinde, in Villenvierteln außerhalb. Und fast alles, was Kleymann, den Müßiggänger der achtziger Jahre, heute umgibt und bedrückt, gab es nicht oder war ihm nicht bekannt: so der unendliche Strom der an Langen Samstagen mit Plastiktüten zu den Parkhäusern Strömenden, so die Kabinen, in die man sich einschließt, um gegen Markstücke Video-Filme vorgeführt zu bekommen, so die Einsamkeit derer, die kein Schulzwang zu anderen Menschen nötigt.

Im Misch-Masch aber ist es nicht sehr schwer, sich einen so einfachen Kosmos wie den Kleymannschen vorzuspielen: Kleymann macht den Älteren, „Politisierten", der für die Jungen allerlei Attraktion an sich hat. Er kommt wohl von der Uni, hat seine „connections" zu den fernen Betrieben und ist am Hinkelsturm vorbei über den Kapellplatz gekommen, um das Lied von Verführung und Agitation zu pfeifen.

Kleymann liest Meike
aus seinem Roman

Ast fährt um acht Uhr morgens in einer immer leereren Straßenbahn bis zur Endhaltestelle. Es regnet heftig, so trostlos, daß er zweifelt, ob der Ausflug stattfinden wird. Er trägt seinen gelben Wind-und-Wetter-Mantel und hat einen Schirm mit, sonst nichts dabei. Trotz des Regens ist er sonderbar fröhlich, weil er nicht zur Schule muß und weil er die leeren Straßenbahnen liebt, die morgens aus dem Zentrum herausfahren. Denn solche Bahnen gehören zum Traum vom Schwänzen.

Als er an der Endstation aussteigt, bemerkt er erst, daß im Anhängerwagen Kirsten und Diana gesessen haben, die zur 9d gehören und deshalb heute gehalten sind, mit ihm zu wandern. Sie grüßen Ast, bleiben aber auf Distanz.

Es sind noch nicht viele da, zwischen den Bäumen, am Waldrand, an dem die Straßenbahn dreht, bevor sie wieder in die Stadt fährt. Einzelne gelbe Flächen (Schüler in Capes derselben Art wie der Peter Asts). Aber Galinski ist schon da, und beim Eintreffen Asts, Kirstens und Dianas winkt er das verstreute Gelb zusammen, will eine Anweisung geben, eine Mitteilung machen. Er wirkt merkwürdig unsicher, fahrig.

Ast rechnet damit, daß Galinski jetzt verkünden wird, der Wandertag falle, wie es so heißt, ins Wasser. Aber als sich die Anwesenden um ihn gesammelt haben, so daß das von seinem Schirm abgewiesene Wasser sich über ihr Gelb schüttet, bittet er – überflüssigerweise – um Ruhe und teilt mit, er habe vom Direktor Bescheid erhalten (er sagt diesmal nicht „vom Chef"), Hanno Thielmann sei plötzlich gestorben, alle sollten wieder heimfahren, morgen erführen sie mehr, er wisse selber sonst auch nichts. Galinski sagt nicht: „euer Mitschüler Hanno Thielmann".

Auf Galinskis Eröffnung folgt zunächst ein vollständiges Schweigen, in das nur der Regen rauscht und auf Asts und Galinskis Schirme prasselt, dann hebt ein leises, aber hartnäckiges Fragen an: „Woran denn?", „Wie denn das nur?", „Aber vorgestern noch", „Woher wissen Sie?", zu dem sich die „Was denn los"-Fragen der soeben eintreffenden Rainald und Ronni gesellen.

Galinski schweigt hartnäckig, gibt vereinzelt knappe Auskunft, die Eltern hätten die Schulleitung verständigt und der Direktor ihn, gestern abend sei es gewesen, läßt sich aber nicht zu der vielleicht hilfreichen Geschwätzigkeit hinreißen, die in solchen Situationen über kurz oder lang einzutreten pflegt. Er bittet die Schüler wiederholt, heimzufahren; er werde das Eintreffen der noch Fehlenden abwarten.

Dagegen scheint ihm an einer Aussprache mit seinem Referendar gelegen, wie es zu der so entsetzlichen Tat Hannos hatte kommen können (Ast jedenfalls zweifelt nicht, daß Hanno Hand an sich gelegt hat). Galinski bittet Ast nämlich, zu bleiben und mit ihm später irgendwo Kaffee zu trinken. Aber Peter Ast, der der Mehrheit im Kollegium und mit ihr auch Galinski, ohne zu zögern, die Schuld an dem Vorgang zuspricht, wie auch immer seine deprimierenden Einzelheiten sich darstellen mögen, hat den grimmigen Entschluß gefaßt, mit Herrn Galinski an diesem Vormittag keineswegs Kaffee zu trinken, ihn stehen zu lassen. Er gibt ihm zu verstehen, daß er betroffen sei, verstört, und gerne alsbald nach Hause fahren möchte. Jener runzelt die Stirn.

Die schwarzen Haare Rainalds regennaß! Rainald steigt in die Straßenbahn, in die sich Ast, nachdem er Galinskis Bitte zu bleiben, mit der Ankündigung, er werde ihn nachmittags anrufen, abgewehrt, bereits gesetzt hat. Die anderen Schüler sind teilweise – mit Mofas und Rädern oder der vorigen Bahn – bereits fortgefahren oder stehen beisammen am Waldrand, in Abstand von ihrem Klassenlehrer. Rainald stellt sich zu Ast in die Bahn, in der kein weiterer Fahrgast sitzt und deren Fahrer erst einige Minuten später die Türfreigabe aufhebt und anfährt. Da sagt Rainald: „Ich will noch zu Ihnen mitkommen."

Rainald, der viel zu Intellektuelle, der allzu Attraktive, der chronisch Verschnupfte, dessen Rotz und dessen Taschentücher den Referendar

Ast von seinem Interesse an dem eigentümlichen Jungen nicht abzubringen vermögen, setzt sich während der ganzen Fahrt nicht hin, obwohl die Bahn ganz leer ist. Ast schaut abwechselnd aus dem Fenster und auf seinen Schüler und ist sonderbar froh. Die Aufgeregtheit, die ihn bei Galinskis knapper Ansprache erfaßt hat, ist noch da, der Schrecken und der Schmerz aber sind vorübergehend gewichen. Solche Situationen, meint er, haben jedenfalls sehr viel mehr mit dem zu tun, wie er sich Pädagogik gedacht hat, als die eigentlichen Schulstunden. Der Junge scheint etwas von ihm zu erwarten; und dies, verbunden mit der erneuten Fahrt in einer leeren Bahn durch den nun nachlassenden Regen, gewährt ihm ein Glück.

Ast schließt seine Wohnungstür auf, der schöne und nasse Rainald tritt, sich schneuzend, ein. „Ich müßte wohl jetzt ein ganz heißes Bad nehmen", sagt er und steht in der Tür zum Badezimmer. „Und Sie sollten mir was erzählen, wie das mit Hanno kommen konnte."

Verschiedene schöne Geräusche: in der Küche stürzt ruckweise heißes Wasser durch den Filter der Kaffeemaschine, im Bad fließt es breit und laut in die Wanne. Rainald greift selber zu dem Fläschchen Irischer Frühling, es grün und schaumig zu machen.

Jahr der Ratte

Die Sonne scheint auf den Küchentisch, an dem sich Kleymann Brot toastet; unter der Thermoskanne, in der noch Kaffee übrig ist, liegt ein Zettel.

Der ist von der Meike, die wohl, wie so oft, als Konni noch schlief, auf den Markt am Wilhelmplatz gegangen ist, Gemüse kaufen und in verbilligter Unterwäsche wühlen.

Auf dem Papier aber steht: „Dieses Jahr laut FAZ das Jahr der Ratte (chinesisches Horoskop). Reinarbeiten!"

Kleymann schenkt sich Kaffee ein und überdenkt sichs. Nachher wird er die Frankfurter Allgemeine aus Meikes Zimmer holen und nachlesen. Er weiß nicht, was es mit dem chinesischen Horoskop im einzelnen auf sich hat; man kennt dort wohl andere Tierkreiszeichen, und hier ist es Mode, darüber zu wissen. Ob aber die Ratte dabei mehr zu besagen hat als bei uns der Schütze oder die Waage, das weiß er nicht. Freilich klingt es mystisch und ekelhaft zugleich, ein Jahr als das der Ratte zu zeichnen.

Er erinnert sich, daß zu Beginn des Jahres ein jeder, der mit irgendetwas Geld zu machen bestrebt oder gezwungen ist, das Jahr nach einem Schriftsteller zu benennen pflegte; dieser hatte ein Buch geschrieben, dessen Handlung er – vor 36 Jahren – in das nun laufende Jahr vorverlegte: ein einerseits radikales, dem Totalitarismus entgegengeworfenes Buch, andererseits ein deprimierendes, das die Frage, ob der Sturz der Lügner und Großen Brüder möglich ist, zu verneinen schien. Die zum Jahreswechsel Lärm um das Buch machten, schienen ihrerseits an dem Gedanken dieser Unmöglichkeit Gefallen zu finden.

Kleymann will davon nichts wissen. Sein frühzeitig zu fester Form geronnenes Weltbild steht im Zeichen des Aufbruchs und Aufruhrs, jenes Aufbruchs, den er als Dreizehn- und Vierzehnjähriger als prägend erfahren hat. Er stand, jung und unsicher, unter den anderen, drei Käse hoch, die anderen vier, aber ach so viele der Leute ließen in der Tat das Glotzen sein, kamen runter, reihten sich ein. Damals hat er sich daran gewöhnt, die Welt als von der nahenden Revolution schon angetastet zu sehen und im Inland und Ausland alles als Beleg dafür zu nehmen: den Vietnamkrieg und sein Ende, Griechenland und Portugal, die Ära Brandt und die Interviews Robert Havemanns. Jeden Streik und jeden Skandal um abgebildete Erektionen. Schläge, auch entsetzliche, die der Gegner austeilte, hat Kleymann dagegen unter der Rubrik „Verschärfung der Widersprüche" geführt – mit Ausnahme allenfalls von Chile, was da geschah, wog zu schwer.

Während Kleymann von den im Zusammenhang mit der „magischen Jahreszahl" genannten

Technica wie Computer-Spielen und sogenanntem Datenschutz, Video-Aufzeichnungen und Kleinst-Wanzen wenig weiß und gar nichts versteht, jedem Piep-Piep in Kneipen und Kaufhäusern systematisch ausweicht, weist er also zugleich die politische Linie, die die Kassendren des Jubeljahres auf allen Plätzen ausrufen, von sich und als falsch zurück: die Linie vom Vormarsch der Reaktion, der Hilflosigkeit verlorener einzelner „zwischen den allmächtigen Technologien". Es gibt uns noch, Überlebende und Unterwandernde, ist es nicht so, Meike? Nagen wir nicht fort und fort am Bestehenden, huschen wir nicht unseren aufrechten Gang in den Zentren des Imperialismus? Sollen wir dies Jahr der Ratte nicht also als unseres ansehen?

Dieser Gedankengang aber stößt Konni Kleymann, während die schon fast mittägliche Sonne an der Küchenwand entlangwandert, wieder auf ein ständig von ihm verdrängtes Problem: daß sein Einfall mit Namen „Plädoyers vor dem Rat der Stadt Hameln" vielleicht eine gute und zum Ausbau geeignete, vorderhand jedoch noch ganz oberflächliche und undurchdachte Idee ist. Kleymann hat keine Ratten, Kleymann kennt keine Ratten. Kleymann weiß nicht genau, worauf das, was er für eine tüchtige Metapher hält, verweisen soll. Lockt nicht sein pädagogischer Wundermann mit Charisma und Tüdelü die Knaben und Mädchen und führt sie aus ihrem beschissenen Elternhaus? Dann stünden die Ratten für blonde Schöpfe und lange Zöpfe, für Unbotmäßigkeit und Zukunftsträchtigkeit, etwas von unten, das nicht mehr unten sein will.

Aber Ratten sind ekelhaft, da herrscht ein breiter Konsens. Häßlich, gefräßig, unmoralisch und aggressiv zählen sie zum Inventar jedes Horrorfilms und jeder Schauergeschichte, übrigens auch gerade des Romans, der nach dem angebrochenen Jahre heißt, und da an exponierter Stelle. Ein Feindbild vom Widerling, vom Schmarotzer, vom Insassen dunkler und unhygienischer Stätten. Kleymann, der sich oft und leichthin einen Parteigänger der Aufklärung nennt, weiß zugleich, daß im allgemeinen Bewußtsein die Ratten dort, wo etwas sich aufklärt, das Weite suchen. Sollten die Ratten in seinem Roman also ganz Anderes repräsentieren: Mief und Muff und die Bundesregierung? Erst treibt ja der Fiedler die Schädlinge in den Fluß, dann führt er die Jugend werweißwohin.

Die Kaffeekanne ist leer, und Kleymann geht kacken. Als er die Kanne ausschüttet, bemerkt er, daß auf Meikes Zettel ein Pfeil auf die Rückseite verweist. Dort steht:

„Überzeugt das, daß nach dem Tod des Mitschülers alle auseinandergehen?

Daß Ast mit Galinski nicht reden will?

Endhaltestelle Straßenbahn. Gibt es in Hameln Straßenbahn?"

Kleymann trägt den Zettel zu seinem Schreibtisch hinüber.

Quick-Pick
Die Sage vom Rattenfänger

Warum sitzt der sogenannte (von sich selbst so genannte) Schriftsteller Kleymann eines windigen Tages im April in einem Quick-Pick geheißenen Speisewagen und fährt nach Wuppertal? Auch das geht auf einen Gedankenaustausch in Meikes rustikaler Küche zurück.

„Meike", sprach nämlich Kleymann beim Frühstück (vorgestern), „nennt man einen Lehrer, der Referendare ausbildet, Mentor?"

„Konni", erwiderte Meike streng, „was weißt du eigentlich über die Wirklichkeit in den Schulen von heute? Was weißt du, im besonderen, über die Wirklichkeit dieser offenkundig in so unausdenkbaren Widersprüchen agierenden, zwischen so viele Stühle und vor so viele Stühle gestellten Referendare?"

„Wenig", hat Kleymann vorgestern geseufzt, „fast nichts."

„Kennst du", so Meike weiter, „niemanden, der dir davon Kunde erteilen kann?"

„Das vielleicht doch."

Und so sitzt Kleymann nun in dem Speisewagen, um eine in Wuppertal lebende ehemalige Studienkollegin – „aus der Barock-Arbeitsgruppe" – aufzusuchen; gestern hat er mit ihr, deren Nummer sich noch auf einem zerknitterten Zettel fand, telefoniert, und sein Kommen ist ihr genehm. Während die tristen Straßenzüge Leverkusens und Solingens draußen vorbeisausen, hat er Papiere ausgebreitet. Er sichtet Material.

An einer scheinbar zufälligen, in Wahrheit kompositorisch wohlerwogenen Stelle seines Manuskripts beabsichtigt er, die Sage vom Rattenfänger einzurücken. Diese nun lautet, in der Version von Eichblatts Deutschem Sagenschatz, Band 8: Niedersächsische Sagen aus Hannover-Oldenburg, Leipzig 1925, also:

Im Jahre 1284 wurden die Einwohner von Hameln von einer ungewöhnlichen Anzahl Ratten und Mäusen geplagt. Alle Mittel, sie zu vertreiben, waren vergebens. Da kam eines Tages ein unbekannter, abenteuerlich gekleideter Mann in die Stadt und erbot sich, gegen eine Summe Geldes die schädlichen Gäste zu vertreiben. Freudig versprach man ihm die nicht unbedeutende Summe. Lächelnd zog nun der Fremde eine Sackpfeife hervor, spielte ein Lied darauf und durchzog sämtliche Straßen der Stadt. Alsbald brachen die Ratten und Mäuse aus ihren Schlupfwinkeln hervor, sammelten sich um den Pfeifer und liefen ihm nach in solcher Zahl, daß die Straßen über und über davon bedeckt waren. Wie er nun meinte, es wäre kein Tierlein mehr zurückgeblieben, zog er mit ihnen zum Tore nach Lachen und Ürzen hinaus und führte sie an die Weser. Hier schürzte er seine Kleider und trat in den Fluß.

Unaufhaltsam folgten ihm die Tiere in das Wasser und ertranken.

Als die Bürger Hamelns sich nun auf eine so leichte Weise von ihrer Plage befreit sahen, gereute sie ihr Versprechen, und unter allerlei Ausflüchten weigerten sie sich, den bedungenen Lohn auszuzahlen. Darüber ergrimmte der Rattenfänger und beschloß, schwere Rache an der Stadt zu nehmen.

Kurze Zeit danach, am Johannistage, als die Einwohner Hamelns des Festtages wegen fast alle in der Kirche waren, kam er unerwartet wieder in die Stadt. Er war diesmal als Jäger gekleidet, hatte einen Hirschfänger um den Leib gegürtet, trug einen feuerroten Hut mit einer langen Hahnenfeder auf dem Kopfe, und aus seinen grauen Augen schoß ein höhnisches Lächeln hervor, während seine Mienen Fröhlichkeit und heitere Laune heuchelten. Wiederum begann er, auf seiner Pfeife ein Liedchen zu pfeifen. Alsbald kamen diesmal nicht Ratten und Mäuse, sondern Kinder, Knaben und Mägdlein vom vierten Jahr an, in großer Anzahl herzugelaufen, darunter auch die schon erwachsene Tochter des Bürgermeisters. Der ganze Schwarm folgte ihm, und er führte sie zum Ostertore hinaus, nach dem Koppelberge, wo er mit ihnen verschwand.

Dies hatte ein Kindermädchen gesehen, das mit einem Kinde auf dem Arm ihnen von weitem gefolgt war, dann aber umkehrte und das Gerücht in die Stadt brachte. Auch zwei Kinder waren zurückgeblieben, die sich verspätet hatten;

aber das eine von ihnen war blind, so daß es nur erzählen konnte, was es gehört, und das andere stumm, daß es nur die Stelle zeigen konnte, wo das geschehen war. Ein Knäblein war im Hemde mitgelaufen und kehrte um, seinen Rock zu holen, wodurch es dem Unglück entging; denn als es zurückkam, waren die andern schon in der Grube eines Hügels, die noch gezeigt wird, verschwunden.

Als die Eltern aus der Kirche kamen, liefen sie haufenweis vor alle Tore und suchten ihre Kinder mit betrübtem Herzen. Die Mütter erhoben ein jämmerliches Schreien und Weinen. Von Stund an wurden Boten zu Wasser und zu Lande an alle Orte herumgeschickt, um zu erkunden, ob man die Kinder oder nur etliche von ihnen gesehen; aber es war alles vergeblich. Es waren im ganzen hundertdreißig Kinder verloren.

Die Straße, durch die die Kinder hinauszogen, heißt noch heute die Bungenlose, weil kein Tanz darin geschehen und keine Bunge (Trommel) noch Saitenspiel darin gerührt werden durfte. Ja, wenn eine Braut mit Musik zur Kirche geführt wurde, mußten die Spielleute über die Gasse hin schweigen. Die Bürger von Hameln haben die Begebenheit in ihr Stadtbuch einzeichnen lassen, und in der Mauer eines Hauses an der Bungenlosenstraße ist die Geschichte bildlich dargestellt worden. Auch bewahrt folgender Spruch die Begebenheit auf:

Im Jahre MCCDXXXIV na Christi Gebort
To Hameln worden utgevort
Hundert und drittich Kinder, dorsülvest geboren
Dorch enen Piper under den Köppen verloren.

Kleymann sitzt mit Kerstin beim Griechen

„Warst du noch nie hier in Wuppertal?" fragt Kerstin Backes (so heißt die Referendarin). „Nein, noch nie", antwortet Kleymann, „einmal Gyros, bitte. Und von dem harzigen Wein, ja, Retsina, ein Viertel."

„Meine Schule ist in Vohwinkel", sagt Kerstin, „das liegt mehr außerhalb." „Eine wunderliche Stadt", entgegnet ihr Kleymann, „was für ein Schlauch! Alles durchs lange Tal gezogen: die Straßen, der Fluß, überm Fluß die S-Bahn, die Autobahn. Alles durchs lange Tal gezogen."

Man bringt den Wein. Kleymann sitzt einer schönen jungen Frau gegenüber. Als sie eben vom Klo kam, hat er mit Wohlgefallen betrachtet, wie ihr Haar, ihre Nase, ihr Mund, ihre Brust, ihre Arme und Hände, ihr Arsch, ihre Beine miteinander harmonieren und wie schön all das in ihrer Kleidung sitzt und wie gut alles zusammen zu dem paßt, was sie sagt: plausibel nämlich sagt und durch wohlgeratene Zähne hindurch, und wie sie dabei flink und geschickt ihre Zigarette dreht mit ihren schönen, süßen Fingern. Ist sie kindlich anzusehen? Ja, schon, denkt Kleymann, aber sie ist kein Kind, und das sieht man auch.

Die Harmonie erwächst aus Gegensätzlichstem: dem zarten Körper, den deutlich sich abzeichnenden Brüsten, den kleinen Fingern und den Erwachsenen-Erfahrungen, über die sie da spricht. Was gehts Konni Kleymann an? Kleymann ist Päderast.

„Du kannst doch den Mann unmöglich Peter Ast nennen", ruft Kerstin Backes aus, „soll er eine Witzfigur sein?"

„Nein – wieso? Päder-ast, Peter Ast. Hier schlägt Symbolik durch."

„Siehst du, du hältst es für symbolisch, und ich halte es für unmöglich. So heißt man nicht, und schon gar nicht ein Lehrer."

Kleymann schweigt verstimmt, bis Kerstin ihn bittet, ihr das Kapitel vom Wandertag zu lesen zu geben. Während sie liest, betrachtet er ihren Körper, trinkt und fühlt sich in seiner Rolle als privatim Rezensierter ganz unbehaglich.

Kerstin liest bis zu der Stelle, wo Rainald sich Badewasser einläßt, und sie liest weiter bis dahin, wo er am Abend, lächelnd sich schneuzend und mit einem geborgten Buch unterm Arm (SEXFRONT oder Allen Ginsberg), den Lehrer-Freund verläßt. Es regnet nicht länger. Das war der Wandertag. Und der morgige Tag wird vielleicht Aufschluß über Einzelheiten und Beweggründe von Hannos Tat geben, sicher aber Ärger mit Galinski, mit dem „Chef" und vielleicht auch mit Rainalds Eltern.

Kerstin hat aufgehört zu lesen und bestellt noch einen halben Liter Retsina.

„Ich glaube", sagt sie, „das haut alles nicht hin. Der junge und alternative Lehrer, der mit dem Kollegium im Streit liegt, aber in der Schülerschaft eine treue, ein wenig verliebte Gefolgschaft besitzt, gleich ihm revolutionär gesinnt. Das ist irgendwie zuviel und zuwenig zugleich."

Sie dreht sich noch eine Zigarette – schon wieder, denkt Kleymann (Meike raucht nicht).

„Da muß etwas rein von den wirklichen Ängsten – der Lehrer vor den Schülern und andersherum. Der bleiernen Abneigung des Referendars, morgens aufzustehen. Dem Pfeifen eines Rattenfängers, auf das keiner hört oder auf das seine Schüler nur mit stimmbrüchigem Feixen hinter seinem Rücken reagieren. Dem Stumpfsinn der Lehrertätigkeit, der Lethargie der Schüler, denen man vorfiedeln kann, was man will."

„Willst du sagen, die Schüler seien alle lethargisch?"

„Viele", klagt Kerstin Backes.

„Wie viele?" fragt Konni Kleymann.

Das war ein Tag! Schöne schlanke Finger, ständig am Tabak beschäftigt, schlauchartige Stadt, grau in grau. Und man hat Kleymann an seinem Konzept gekratzt, das verträgt er nicht gut. „Ich meine", sagt eine viel zu große Stoffmaus zu ihm, „du solltest heut früher zu Bett gehn. Wie kannst du auch einfach so deine Meike mit fremden Frauen betrügen?"

„Geh schlafen, Aloysius", sagt Kleymann. „Gute Nacht, Meike", ruft er ihm nach. Was für einen Unsinn das Tier wieder quasselt. Meike und er leben in einer Nutzgemeinschaft, und Kleymann ist Päderast. Sein Weltbild ist gefestigt, er liegt noch ein wenig lesend im Bett, nicht sehr lange, „waving genitals and manuscripts". Er liest Allen Ginsberg, wie früher.

Materialsammlung

Ti-tirili, der Pieper kommt! Über Fachwerk und Butzenscheiben hinweg dringt und klingt des Pfeifers Ton. Auf betoniertem Schulhof, wo das Basketballfeld ist, steht er und interpretiert seine verlockende Melodei – immer neu, immer neu. Der Pedell, der Schulze, der Stadtrat, der Jugendsekretär wünschten, sie hätten Wachs für die Ohren ihrer Zöglinge wie Odysseus für die seiner Gefährten.

Es ist ein strahlender Morgen, wie es sie heute schon gar nicht mehr gibt, und er trocknet den Tau von den Gräsern und die Tränen von den Wangen halbwüchsiger Knaben und magedîn. Aber sie, die noch im dämmernden Halbdunkel geweint haben, sei es um verschmähte oder verbotene Lieb, um allzu enge Grenzen, die ihnen die Eltern gesetzt, seis gar um Deutschland – sie horchen auf, hören auf den Musikanten, hoffen auf den Chiliasten, fliegen auf den Päderasten. Studienreferendar Ast ist sein Name alias Kleymann der Dichter.

Wie die Mauern von Jericho wird beim Aufspielen des seltsamen Fremden die bürgerliche Gesellschaft hinstürzen und mit ihr „die Generalität, die Bürokratie, die Junker von Schlot und

Kraut, die Pfaffen und die Geldsäcke und alles, was engbrüstig, beschränkt, rückständig ist". Das macht: Der Fiedler pfeift so süß und hat so eine Locke über der Stirn. Und wenn die Jungs in dem Alter sind, dann wollen die das und können nicht widerstehn.

Ti-tirili, so leicht ist das. Wer etwas zu hetzen hat, der pfeifts, und wer pfeift und wem die Knaben folgen, der ist ein Revolutionär, und auf seiner Seite sind Zukunft und Moralität. Und viele kleinbrüstige Mädchen und schmalschultrige Jungen und Popper und Pänz sind auf seiner Seite, in seiner Partei, in seinem Troß. Über die Weser hinweg, mit taktischem Geschick den Tigerberg hinauf, der Abrechnung mit den stiernackigen Eltern zu.

„Und der König senkt die Stirne: / Meinen Sohn hast du verführt, / Hast der Tochter Herz verzaubert, / Hast auch meines nun gerührt." Uhland. Reinarbeiten!

Kleymann und Meike hören den Fiedler fiedeln

Konni Kleymann ist mit der Meike an einem der lang genannten Samstage in den Einkaufsstraßen der Kölner Innenstadt unterwegs. Nicht etwa um einzukaufen, sie besorgen ihr Nötiges an der Peripherie und da, wo es billig ist, und das Unnötige kaufen sie gar nicht. Mehr um dies und jenes zu sehen – auch Hintern und schlanke Beine, auf die Meike ihren Hausgenossen mit ihrem dicklichen Finger weist – und in Bücherkisten zu wühlen. Auch vom Bücherramsch, jenen durch einen schwarzen Strich auf der Ober- oder Unterseite als verbilligt gebrandmarkten Druckerzeugnissen, werden sie sich im Monat Mai wieder das meiste versagen müssen, der Etat gewährt wenig Spielraum, zumal Kleymann von seinem Erbe monatlich nie mehr und nie weniger als 500 Mark nimmt. Und Meike zahlt schon überproportional, teilt manchmal, wenn es nötig wird, für wenig Geld im Dienst des AStA Zettel aus.

An der Antoniterkirche steht im Gedränge der Schildergasse der stadtbekannte Fiedler, und Kleymann und Meike bleiben stehen, um ihn fiedeln zu hören.

Er soll in der Südstadt wohnen, hat Kleymann gehört, und soll ein verkrachter Professor von der Musikhochschule sein. Und der stellt sich vor Kinder und Greise und belustigte Konsumenten, stellt sich mit anderen, zufällig Wechselnden, die gegen Trommeln hauen oder barfüßig tanzen und keine Professoren sind, und lärmt und singt und schreit und schlägt mit dem Bogen gegen die Saiten, daß jeder sich fragt, wie lang tuns Geige und Stimme noch.

Wovon kündet der Fiedler? Vom Geld singt er, von der Herrschaft der Banken krächzt er, zum Widerstand schreit er. Und die Leute, schwer bepackt mit Plastiktüten von KAUFHOF und KARSTADT, hören es an und wollen es hören. Sie wissen es schon, was er ihnen in überaus schlichten Reimen zuruft, aber sie wünschen die Wahrheiten deutlich ausgesprochen – und ohne eine Konsequenz zu zeitigen außer dem Obulus, den sie ihm in den Geigenkasten werfen. Denn der Fiedler ist zwar kein Bettler, aber jede und auch seine Darbietung verlangt die Reproduktion der Arbeitskraft.

Was er singt, ist schier unbeschreiblich primitiv und erinnert Kleymann an die Lieder von Ton-Steine-Scherben, die er vor ein paar Jahren mit dem Jungen Fabian zu hören, zu summen und zu zitieren pflegte. Wie gesagt, ist vor allem vom Geld in ihnen die Rede: daß es die Menschen versklavt, daß es in den Händen „der Reichen" ist, der „kleine Mann" dagegen „immer der Verarschte", bis er eines Tages „das Geld abschaffe".

Kleymann hört zu und ist fröhlich gestimmt. Auch er ist einer Meinung mit dem Sänger und Fiedler; so primitiv seine Wortwahl und so unrein seine Reime sind, so unleugbar ist, was er aussagt: das Geld ist zwischen die Menschen gestellt, bis sie „sich wehren", auf daß „die Bosse" nicht weiter „absahnen".

Und Kleymann ist auch deshalb fröhlich, weil unter den Menschen im Kreis um den Künstler so viele in Jeansjacken und Turnschuhen stehen, die sich gleich ihm der gekrächzten Botschaft freuen, Jungen und Mädchen, die im Unterschied zu manch anderem, der nach einiger Zeit kopfschüttelnd weitergeht, lange bleiben, zuhören, den Kehrreim mitsingen, sich auf den Boden setzen, obwohl es noch kalt ist, sich rhythmisch zu den Gesängen wiegen oder über die schlichte Polemik mit so weißen Zähnen in so jungen Gesichtern zu lachen wissen.

Irgendwie hat dieser angebliche Professor, denkt Kleymann, unsere Jahre damals, unsere Wasserwerfer-Zeit, unsere Haschisch-Nächte, unsere „Einsätze" am morgendlichen Fabriktor und unser Verschlafen und Bestreiken und Beschmieren weniger verraten als ich. Ist nicht so sang- und klanglos in die Höhen der Ästhetik und die Niederungen des Geisteslebens abgeglitten. Hat sich nicht wie ich in freiwillige Eremitage verfügt mit zwei-drei Bekannten, die mitunter anrufen, und Wolf Biermann überm IKEA-Sofa. Der hier krächzt und schreit vom Klassenkampf.

Er muß rundum zufrieden sein, dieser Fiedler, dieser Professor. Und die Jungen müssen seinen lockenden Tönen nachtappen wie gebannt, nicht wahr, Meike? Was mögens für Jungen und Mädchen sein, die da neben uns stehen und den Refrain mitsingen und den Takt klopfen? BRAVO-Leser? Hausbesetzer? Schäfchen im Trockenen? A im Kreis? Nichts von alledem? Wohin gehen sie, wenn er aufhört zu singen und zu krakeelen? In den „Jeans-Palast", in die Neonröhren-Boutiquen? Oder nicht? Oder nicht?

Man müßte einzelnen nachgehen.

„Nach-steigen", formuliert es Meike ironisch um. Das aber sei vielleicht gar nichts mehr für Kleymann: jemandem nachgehen wegen seiner Arschbacken oder weil er über die richtigen Stellen mit weißen Zähnen gelacht hat.

„Besser wäre, du würdest ein paar Seiten schreiben, das war doch deine Absicht gewesen für den Nachmittag. Später gibt es dann Reibekuchen auf rheinische Art, die wollt ich schon lange mal machen."

Und Meike und Kleymann rechts ab die Schildergasse entlang.

Die Zeit ist für die Lieder

Konni Kleymann sitzt nachmittäglich in seinem Zimmer und schreibt. Wie kommt es, daß er schreibt? Worauf gründet denn sein Selbstbildnis als „Schreibender"?

Reicht es zu sagen, daß er seit der Zeit seines Studiums – und gelegentlich bereits früher – hie und da honorarlos Artikel eingerückt hat? Besserwisserische Rezensionen nämlich, Kommentare zu Schriftstellerkongressen, Proteste gegen Zensurversuche und polizeiliche Übergriffe in Osten und Westen, Würdigungen einiger erotischer Abweichler und anders Mißliebiger unter den Schreibenden der neuesten Zeit. Wie kommt er dazu und jetzt gar zu einem „Roman"?

Während Kleymann an seinem Kapitel kritzelt, es ist immer noch erst das dritte, nutzt Aloysius, der ihm auf dem Schreibtisch und auf feistem Steiß gegenübersitzt, die relative Ruhe dazu, das, was er drüber weiß, daherzunäseln.

Einmal hat Kleymann in einem Studentenkino einen Film gesehen, der den Titel „Die Zeit ist für die Lieder und gegen die Panzer" trug; er dokumentierte das erste Konzert, das Mikis Theodorakis nach dem Sturz der griechischen Junta im Athener Fußballstadion gab. Dieser Film, seine hymnische und dann wieder fröhliche Musik vor den bewegten Massen, die Farben der Gesichter der Arbeiter und Jugendlichen, das Feuer, in dem allenthalben auf den Rängen die Yankee-Fahnen verbrannten, haben Kleymann beeindruckt. Besonders im Titel des Films aber schien sein eigenes ganzes politisches Latein zu einem Merksatz geronnen. Die Reaktion ist ins Hintertreffen geraten, „die Zeit", das achte Jahrzehnt des Jahrhunderts und nun das neunte, bietet ihr nicht Raum noch Chance – ihrer Gewalt, ihrer konterrevolutionären Logik, die sich in Prag wie in Vietnam in den Panzern versinnbildlichte, die das Pflaster blutig färben und dennoch nichts ändern können. Vielmehr ist „die Zeit" so gesinnt, daß sie „Lieder" hervorbringt und hören will, wie Millionen sie singen: Streikgesänge und Liebeslieder, Ostermarsch und Temps des Cérises, Sprechchor und Sonett. (Das stimmt doch, Meike? Schenk Amselfelder nach!)

Es war aber dann – Aloysius beugt sich näselnd vor – ein schneller Schritt und ein zu kurzer Schluß, als Kleymann, halb unbewußt, vermeinte, es genüge, wenn einer gegen „die Panzer" sei, „Lieder" zu hören und vage anzukündigen, selber welche zu machen: nämlich in gewissen Suhrkamp-Bänden zu blättern und Schallplatten von Bettina Wegner zu verschenken und in Filme von Margarete von Trotta zu gehen und nachher in Kneipen darüber zu reden und „kritische" Reisen nach Italien zu unternehmen. Wann, fragt Aloysius sich, ist jene Veränderung in Kleymann vorgegangen, seit deren Statthaben er die Meinung vertritt oder vielmehr das ungefähre Gefühl spürt, besser mit einem Gedichtband „Katalanische Liebes- und Freiheitspoeme" leben zu können als mit seinen alten zerfledderten Heftchen über den Terror in Francos Gefängnissen? Erinnerst du dich, Konni – Kleymann hört nicht, Kleymann schreibt –, wie du mit deinem Vetter zusammen erst deinen, dann seinen Bücherschrank „ausgemistet" hast? Klassenkämpfe in USA links auf den Stapel, Edition Voltaire, Preobraschenski, „Die neue Ökonomik", „Über den Widerspruch", Petr Uhl über die CSSR: alles auf den Stapel und fort damit, Mühsams „Ascona" aber auf einen anderen Stapel rechts und Pablo Neruda und Christa Wolf und Elsa Morante und Heine in Halbleder, das habt ihr behalten und zurück ins Regal gestellt ...

Kleymanns Kugelschreiber kritzelt auf dem Papier, aber was da entsteht und daß es entsteht, läßt die auf dem Schreibtisch sitzende feiste und abgegriffene Maus skeptisch. In einem Moment, wo die Welle des Fortschritts, meinethalben die der Revolution, zurückzufließen schien, hat sichs in Kleymann festgesetzt, daß es vorzuziehen sei zu schreiben: bequemer, friedlicher und doch nicht ganz ohne Verdienst und ohne den Schmuck roter Fahnen. Die Literatur gar erwies sich ganz als der richtige Ort, über deutschen Herbst und Winter zu klagen (während man mit Meike zusammen Punsch bereitet). Dann kamen die großen Demonstrationen gegen die Raketenstationierung, die Blockaden und Besetzungen, und Kleymann war mit der Meike zweimal „in Bonn dabei", aber betraf es den „Autor" Kleymann denn noch? Wer sich darauf eingestellt hat, im Winter über den Winter zu schreiben, den irritieren die Klimaveränderungen nur. Oder ist er ungerecht, Aloysius, das Spiel- und Stofftier?

Kleymanns Neid aber, den er gestern gegen den fiedelnden verkrachten oder avancierten Hochschullehrer empfand, erklärt sich damit, daß sein Wunsch, öffentlich zu wirken und auf andere zu wirken, nicht ein für alle Mal verlorengegangen ist. Verborgen, aber nicht verloren sind seine Erinnerungen an aggressive Reden vor streikenden Schülern und unmutigen Studenten, Reden, für die es ja mitunter auch Beifall gab. Kleymann neidet dem Geiger, daß dieser ein Rattenfänger ist.

Das wars, was Aloysius zu sagen hatte. Nun da er gesprochen, möcht er sich umdrehen und aus Kleymanns Gesichtskreis schreiten, den dünnen Schwanz hinter sich herschleifend. Aber er kann das nicht alleine, er braucht die Meike dazu.

Kleymann hat sein Schreiben unterbrochen, die Fäden seiner Hamelner Handlung verloren und denkt vielmehr an Wuppertal, das Auf und Ab, das Grau in Grau, das Schweben über dem Fluß, längs dem Tal, in dem diese merkwürdige Stadt liegt.

Kleymann liegt auf der Couch, Aloysius macht den Analytiker

Sehen Sie, da sind immer gebräunte Beine (meine blieben selber weiß), rauchst du schon, laß mich mal ziehen. Oder wir greifen dir da hin. König Konradin. Konni Kleymann. Hosenstall, Fußballschuhe, Velosolex. Vibriert, wenn man Gas zugibt. Lange Wimpern, schlaksig, feingliedrig, zeig mal deinen, Baden mit nichts an, sehen Sie, wenn man in der Kindheit nicht genug, das kommt immer wieder, das wird man nicht los. Nein, meine Eltern, das haben Sie in den falschen Hals, mein Vater sehr fern, meine Mutter weich, rund, Schutz, Schlußverkauf, Miederwaren, Frauen, weich, Schutz. Meikes Oberarme, Schutz. Vielleicht mal ein gemeinsames Zimmer, Doppelbett mit vielen Kissen. Der Trieb führt mich ins Ungeschützte, entleert verstört drängts mich zurück.

Der Analyticus schweigt, ratlos, leblos, denn Kleymann ist mit ihm allein.

Die Ratte wird eingeführt

Kleymann ist mit einem Mann bekannt, der Dr. Hommel heißt; und dieser Dr. Hommel hat sich auf den heutigen Abend angesagt, Meikes und Konnis Gastfreundschaft in Anspruch zu nehmen.

Dr. Hommel ist Kleymann durch seine journalistische Tätigkeit bekannt; er deckte in einer Reihe von Artikeln Skandale in der bundesdeutschen Fürsorgeerziehung auf und war bei Prozessen um solche und ähnliche Fälle, von liberalen Zeitschriften geschickt, als Beobachter präsent. Ob Hommel freilich davon lebt, weiß Kleymann nicht.

Wann immer Dr. Hommel und Kleymann einander begegnen, pflegt ihn jener, mit der Zunge anstoßend, alsbald zu fragen: „Hacht du nicht einen chönen Kchnaben für mich?", und Kleymann ärgert sich dann regelmäßig darüber, wie affig dieser Hommel ist. Aber wie auch immer: der Lispelnde hat einige Verdienste, und als einer, der wie Kleymann in einer ungenauen und mäßig durchdachten Weise von dem Zusammenhang zwischen Jungenschönheit und sozialistischer Morgenröte überzeugt scheint, sollte er ihm wenigstens so nahe stehen, daß er bei einem Aufenthalt im Rheinischen ein Nachtlager in Kleymanns und Meikes Wohnung am Leipziger Platz beanspruchen kann; morgen früh hat er, so sagte er am Telefon, einen Prozeß über Kindesmißhandlung, über den er für die „taz" schreiben will.

„Und übermorgen", bemerkt Kleymann, „fahre ich wieder zu Kerstin nach Wuppertal. Das ist doch sehr wichtig, was sie an Anregungen hat."

„Schon wieder nach Wuppertal?" fragt Meike, wäscheplättend, „ihr trefft euch ja dann schon das vierte Mal!"

Da klingelts an der Tür und muß Dr. Hommel sein.

An den Geräuschen im Flur bemerkt Kleymann, der auf der rustikalen Eckbank sitzen geblieben ist, während Meike die Tür öffnen gegangen ist, daß Dr. Hommel nicht allein gekommen ist. „Ich hab wen mitchgebracht!" ruft er auch schon fröhlich durch die Küchentür.

„Ist es ein chöner Kchnabe?" murmelt Kleymann bösartig vor sich hin; die Höflichkeit verbietet ihm, das lauter zu fragen, wenn er dabei Hommels Zungengebrechen imitiert.

Da aber geht die Tür auf, und vor Kleymann, der sich wahrhaft erschrocken erhebt, steht etwas aus langen, blonden Haaren, großen braunen Augen, einem zarten Gesicht mit einigen, hübsch verteilten Sommersprossen, in allerlei die Körperformen teils verhüllenden, teils betonenden Gewändern, die mit verschiedenen Kugelschreiberaufschriften bedeckt sind und in Fransen über den braunen Beinen unterhalb des Knies auslaufen, und bloßen, vor Schmutz schwarzen Füßen.

Zwei Gedanken hat Kleymann zugleich – der erste: So hat Fabian geschaut, so war Fabian gekleidet. Der fast vergessene, schöne junge geile Fabian! Der zweite Gedanke hingegen: Warum ist der denn barfuß und hat so schmutzige Füße?

„Na du", sagt Kleymann.

Hinter dem Gott erscheint in der Tür die lange, dünne Gestalt des Dr. Hommel, und Kleymann, verwirrt, vergißt, wie sonst auf dessen schmutzige, ungeschnittene und höchst unästhetische Fingernägel zu gucken. Hommel lacht.

„Wer bist *du* denn?" fragt Kleymann den Schmutzfüßigen, unfähig und auch gar nicht willens, seine Überraschung und seine Freude zu verbergen.

„Das ist Ratte", antwortet Hommel eilig und mit der Zunge anstoßend. „Er heißt so. Nicht wahr, Ratte?"

Kleymann dreht den Küchenstuhl dergestalt herum, daß die Lehne vor ihm liegt und er sich aufstützen kann. Und das tut er: stützt seinen Kopf mit den Händen und die Arme auf der rustikalen Lehne und schaut den Jungen lange und unverfroren an. (Schon hier hofft er, halb bewußt, daß der Funke des „pädagogischen" Eros springt oder springen wird.)

„Schön genug?" fragt der Junge. „Auch mal von hinten?" Und dreht sich um. (Sprang der Funke?)

„An der Domplatte wars", erläutert Dr. Hommel, „da hab ich ihn aufgegabelt. Er hat gelächelt, ich hab gelächelt, du kennst es ja, Konni, du kennst es ja."

„Man fragt auch nach Zigaretten und so", sagt die Meike, und der Junge starrt sie befremdet an.

„Das ist also die Meike", erklärt Kleymann, „ich bin Konni. Wir leben oder, besser gesagt, wohnen zusammen. Du gehst noch nicht lange zur Domplatte, Rattentier, was, ich hab dich da niemals gesehen."

Und so überhäuft Kleymann, assistiert von der Meike, den Knaben mit Fragen und Einladungen, wiederzukommen und Anspielungen und Erinnerungen an andere von der Domplatte – an Jungen, die die Ratte gar nicht kennt, denn wie lange ist es her, daß Kleymann tatsächlich noch an diesem Ort verkehrte! und wie jung ist dieser kleine Nager, man erfährt, daß er gerade vierzehn geworden ist –, versucht Kleymann also, von seiner Freundin hilfreich assistiert, ein Netz zu werfen, eine Speckfalle aufzustellen, während Dr. Hommel mit seinen ungeschnittenen Fingernägeln auf der Tischplatte trommelt, auf Kohlen sitzt, denn freilich, er will mit dem Jungen ins Gästebett.

Aber erst, als er überzeugt ist, daß die Ratte gewißlich wiederkommen wird – Hausnummer und Klingelknopf am Leipziger Platz sind ihr eingeschärft worden –, beschließt Kleymann, heut abend noch fortzugehen. Meike schließt sich ihm sogleich an; Hommel und Ratte bleiben, diskret alleingelassen, in der ihnen fremden Wohnung zurück.

Kleymann steht in der Wohnungstür, der „neue" Junge ihm gegenüber. Dr. Hommel raucht in der Küche, Meike zieht sich die Jacke an. „Wasch dir mal deine schwarzen Füße, Götterkind", sagt Kleymann. „Wird gemacht, Chef", vor dem Lächeln einer Ratte werden die Irdischen schwach.

„Im übrigen heiße ich Stefan", sagt das Nagetier.

„Und ‚Ratte'?" fragt Kleymann.

„So Namen sind jetzt sehr üblich bei uns an der Domplatte und am Bahnhof und am Wallrafplatz und so, ich bin eben ‚die Ratte'." Man hört Hommels Nägel auf dem Küchentisch trommeln.

„Wie kann", fragt Kleymann, „ein Gott eine Ratte sein? Bist du überirdisch und unterirdisch zugleich?"

„Außerirdisch", sagt Stefan.

Kleymann und Meike sind noch ins Café Wellblech gegangen, so spät gehen sie selten fort. Das Café Wellblech ist leer, sie sind, als letzte gekommen, die einzigen Gäste und trinken, ohne zu reden.

„Das ist nicht der Typ für die Domplatte, für Klos und sowas", sagt Meike irgendwann, „so jung und gar nicht verwahrlost, mit diesen ganz eigenen Gewändern. Er ist so ..."

„Kleinbürgerlich", sagt Konni Kleymann.

„Er erinnert dich an den Fabian", sagt Meike. „So habe ich mir Fabian immer vorgestellt."

Kleymann ärgert sich. Was geht es andere, was geht es Meike an, daß der Braunäugige, der Schmutzfuß, ihn wie eine Auferstehungserscheinung Fabis anmutet, mit dem er auf den Domturm gestiegen ist und den er wenige Minuten später im Bahnhof zum letzten Mal gesehen hat. Müssen andere Assoziationen und Hoffnungen daherquasseln, die er selber nur in Form eines schlecht und recht begonnenen Romans zu formulieren sich vorbehält? Daß so ein Stefan ihm nicht fremd gegenübertritt wie die mit dem walkman und den dünnen Sonnenbrillen, die mit den Nägeln am Gürtel und den stumpfsinnigen Sprüchen auf den Lederjacken, sondern der auf ihn fliegt und auf das abgegriffene Jahrzehnt, dessen Programme damals nicht eingelöst wurden und um das heute die Hörer stumpfsinniger Rhythmen sich gar nicht mehr scheren. (Ist Kleymann konservativ?) Konnis kleine Welt kennt auch gar keine Jungen aus „geordneten" Verhältnissen, die gegen Geld jung und schön sind, um hinterher bei SATURN Schallplatten zu kaufen.

Kleymann meint, sich über den Dr. Hommel zu ärgern. „Daß diese Fülle der Gesichte", sagt er, „der trockne Schleicher stören muß!"

„Du bist eifersüchtig", sagt Meike. „Die Ratte wird wiederkommen und wird auch dich mögen."

Als Kleymann und Meike am Morgen in der Küche sitzen, ist Hommel längst weg (zum Prozeß), und fort ist auch die Ratte. Hommel hat einen Zettel hinterlassen: „Dank für Gastlichkeit,

Hommel. P.S. Konni, es war eine himmlische Nacht." Kleymann liest es der Meike lispelnd vor.

Rattenkönig

Wird die Ratte wiederkehren? Kleymanns Wunsch ist es, mit ihr zu schlafen. Seine Fantasie greift vor auf die Gelegenheit dazu und zurück auf andere Gelegenheiten, die es mit anderen Jungen gab. (Aber jeder Gedanke an Hommel muß dabei ausgeschaltet werden, brr!)

Eins nach dem andern legt Stefan seine wunderlichen Gewänder, Schals, NATO-Jacken und zerfledderte Tücher, ab (die Füße dürfen schmutzig bleiben), legt sich aufs Bett: auf den Bauch, auf den Rücken, eins so schön wie das andre.

Kleymann sitzt im Halbdunkel und stellt sich das vor und das, was danach kommt. Wie ist er es satt, so zu leben, wie er jetzt lebt, rustikal, gefüttert, sorglos, sei's drum – so Wichtiges fehlt. Er muß daran denken, wie er sonst oft im Halbdunkel sitzt und sich befriedigt. Genauer: es ist ein vollständiges Dunkel, er sitzt in verschlissenen Kinostühlen, nur auf der Leinwand ist Licht. Es dauert seine Zeit, bis seine Augen sich an diesen Umstand gewöhnt haben, er sieht dann nach und nach, welche anderen Plätze im Kino besetzt sind, er sieht die so unterschiedlichen Männer, die auf die Leinwand starren oder auf den Video-Bildschirm, junge und alte, tuntige und assimilierte,

Männer, denen „man es nicht ansieht". Zigaretten glimmen im Finstern. Er sieht, sobald er lang genug sitzt, wie weitere Besucher eintreffen, den Film vor sich sehen, aber sonst nichts erkennen, durch den Raum tappen, an den Stühlen tasten, ob dort einer schon sitzt, so, wie auch Kleymann vorhin getappt ist und getastet hat, während er jetzt, an das Dunkel gewöhnt, das hilflose Eintreffen der neuen Besucher fast komisch findet.

Das Kino zeigt in drei miteinander verbundenen, völlig unbeleuchteten Räumen „Hetero"-, „Gay"- und „Golden Boys"-Videofilme, und es ist ein ständiges Kommen und Gehen und Suchen, ein Schleichen und Huschen in modernen Katakomben, gleichsam als ob die Kundschaft eines solchen Etablissements in der ständigen Sorge sei, in dem Moment, in dem sie einem der Filme folgt, auf der zweiten oder der dritten Bildfläche oder im Gang zwischen den drei Räumen etwas Bewegendes und Erregendes zu versäumen. Kleymann freilich sitzt stets, von dieser Unrast unberührt, konsequent vor der Wand, an die man Golden, Wonder- und sonstige Boys wirft, die miteinander das Gleiche treiben, was er im Dunkeln für sich tut.

Warum eigentlich hat Kleymann keinen Blick für die anderen Filme, die anderen Formen des Körpers und der Liebe, für das andere Geschlecht? Genügt es zu sagen, daß er einfach „so eine Sozialisation" erfahren hat? Daß er in jenen Jahren, die er selbst seine „Kampfzeit" nennt, von den keuschen und treuen und aufregenden und wechselnden Beziehungen zu erst gleichaltrigen und dann, während er älter wurde, immer jüngeren Jungen geprägt worden ist? Und daß ihm diese Gewordenheit und Geschichtlichkeit seiner selbst eben behagt? So jedenfalls sieht ers. Und er kommt gar nicht auf den Gedanken, zu einer der anderen Projektionswände im Pornokino zu tappen und zu tasten – auch nicht zum Ausprobieren. „Hast du dir Jungenfilme angeguckt?" fragt ihn die Meike am Abend, „waren sie gut?" Auch sie duldet vielleicht keine Abweichung.

Kleymann und ein Junge, der Ratte genannt wird, liegen aneinandergedrängt, ihre steifen Schwänze stehen nebeneinander. Kleymann ist, heftig atmend, allein im dunklen Zimmer. Der Pimmel des Jungen und der Möchtegern-Pimmel des Mannes berühren einander, „die verknubbeln sich", sagt Stefan. Kleymann säubert sich mit einem Taschentuch, macht das Licht an, ist allein und ernüchtert.

Ihm fällt das Phänomen des sogenannten Rattenkönigs ein, das er von seinen Recherchen für die „Plädoyers vor dem Rat der Stadt Hameln" her kennt. Zwei Rattenjunge, deren Schwänze von Kot und Schmutz so fest aneinandergeleimt sind, daß sie sich, gleich siamesischen Zwillingen, voneinander nicht lösen können und miteinander durchs Leben zu huschen verdammt sind. Scheiße hält sie zusammen.

Es ist ein Glück, das Kleymann der „Rattenkönig" nicht vorher eingefallen ist (und daß es ihm gelungen ist, Genossen Hommel aus seinem Bewußtsein zu drängen). Die Naturerscheinung des Rattenkönigs ist etwas Widerliches, und etwas von solchen Dingen haftet den Ratten im allgemeinen Bewußtsein stets an – mithin dem Bewußtsein Konny Kleymanns. Warum Stefan so einen Namen führt? Ob er bald einmal klingelt?

Rattenbißfieber

Nun hat Kleymann etwas, das seinen Frühlings-Verwirrtheiten Inhalt gibt, einen, sich nach ihm zu sehnen, einen, an den er Botschaften verfaßt und verwirft, für den er Geschenke ausdenkt, eine Hoffnung, ein So-war-das-also, ein Ich-bin-auch-noch-am-Leben. Kleymann träumt von der Ratte.

Die hat zwar zweimal angerufen – beide Male war die Meike dran – und hat gefragt, „habt ihr Zeit, ich tät mal kommen", war dann aber ausgeblieben.

So sitzt er in diesen Tagen der angekündigten und noch nicht vollzogenen Wiederkunft des Abgotts häufig an seinem Schreibtisch, Papier in die Maschine gespannt, Notizblättchen mit Handlungselementen vor sich, und versucht, den ihm zugefallenen Gefühlsschub zum Schreiben zu nutzen.

Einer der Zettel, die auf dem Tisch liegen, ist ein Stück Zeitung mit der Ankündigung, daß in der letzten Juni-Woche dieses Jahres, in dem sich an der Weser das Auftreten des Rattenfängers zum 700. Male jährt, die Stadt Hameln „eine Rattenfänger-Woche mit historischen Rattenfängerspielen veranstalte". Meike und Kleymann werden sich im Frühsommer zeitig um Zugkarten und Unterkunft bemühen.

Mit dem Ich-bin-auch-noch-da verhält es sich so, daß Kleymann, der familiär und weitab von den „Szenen" und Börsen des gesellschaftlichen, beruflichen, politischen und geschlechtlichen Lebens zwischen Küche, IKEA-Sofa und den Wühlkisten der Antiquariate Ruhe gehabt und Beschränkung geübt hat, nun spürt, daß da noch etwas in ihm ist, das unbefriedigt blieb in der Idylle am Leipziger Platz; mein Gott, er ist dreißig, nicht älter. Er hat doch Leidenschaften gewollt und gehabt – ist das vorbei? Unsicher, aber himmelhoch jauchzend, wenn er einen Mund, über dem noch kein Bart wächst, küssen durfte, zu Tode betrübt, wenn das Mofa am Stelldichein nicht vorgefahren ist. Er spürt doch noch Wärme zwischen den Schenkeln und all das Testosteron und Leben – kann das ruhige letzte Glas Wein in Meikes Küche nachts zwischen Toaster und Gewürzregal die Seligkeiten und Abgründe der Knabenliebe ersetzen, die Kleymann umsonst den letzten Bus erwartend oder lungernd am Schultor erfahren hat?

So-war-das-also. Kleymann, der an der Domplatte oder an anderen Hauptbahnhöfen flüchtig, aufgeregt und zugleich in Angst und Distanz Tätowierte gemustert, im Lärm von Cassettenrecordern, im Angesicht sogenannter Skateboards mit Fürsorgeflüchtigen um zwanzig Mark gefeilscht hat, ist durch die Epiphanie der Ratte „alles wieder eingefallen", was davor lag: Kleymann holt Frido, später Basti (auch: Angelo) nach der Schule ab, geht im Schnee neben dem Fahrrad her, an der Stadtmauer lang. Er schiebt ihm ein Flugblatt in die Tasche, kann sich aufspielen, weil er es mit-verfaßt hat, und Frido (Basti, Angelo) imponiert das. Sie hören die süßen Töne der Flöte; und Kleymann ist sehr verliebt.

So war das also, denkt Kleymann, und: ich bin auch noch da, denkt er. Wenn das Telefon klingelt, geht er mit Absicht nicht dran, wartet, bis die Meike auf den Flur kommt und abhebt, wartet solange in seinem Zimmer, an der Tür stehend.

Ein Stinktier

Ein Freitag und nachmittags. Kleymann steht an einem Fenster der Wuppertaler Schwebebahn und schaut hinaus und hinab; im Arm trägt er das massige Stofftier, Aloysius, den wunderlichen Gesell, und zeigt ihm, der nur selten aus der Wohnung am Leipziger Platz geführt wird, was es zu sehen gibt, kommentiert es seinem kleinen, seinem feisten Freund.

„Siehst du", sagt er, „da liegt die Stadt, ins Tal der Wupper geschnitten, und wir schweben darüber, über der Stadt und über der Wupper. Schweben, meinst du, könne man es nicht nennen, weil der Zug schaukelt wie ein Schiff? Nun gut, aber Schwebebahn heißt sie nun einmal. Und das Einsteigen an der Station Döppersberg ist dir ähnlich dem in einen Sessellift erschienen? Hihi. Ungefährlich scheint das auch nicht immer zu sein. Kerstin Backes, die wir heute besuchen, hat mir erzählt, daß unlängst ein Dreizehnjähriger vor die einfahrende Bahn gestoßen und schwer verletzt ins Krankenhaus gebracht worden ist. Aber du, fetter kleiner Kerl, brauchst keine Angst zu haben, ich halte dich fest im Arm, wenn auch die nach Parfüm stinkenden Frauen dort finsteren Blickes Abstand wahren von uns zwei

Verrückten und der Punk da, der Bursche, der vorn an der Tür steht, über uns zu lachen scheint wie andere über ihn.

Schau nur hinaus, auf Deutschlands eigentümlichste Stadt! Wie nah auf beiden Seiten die Berghänge sind! Die verwahrlosten alten Fabriken beiderseits des Flusses, über dem wir schaukeln, all die zerschlagenen Fensterscheiben und verblassenden Inschriften aus der Zeit, wo die Arbeiter ihren Bourgeois noch vom Sehen kannten! Zwischen Barmen / Alter Markt und Adlerbrücke steht das herrschaftliche Haus der Fabrikantenfamilie Engels, liegts unter uns. Und alles war Textilindustrie, und wie in Belgien oder Holland lagen die Fabriken nützlicherweise am Fluß ..."

„Ihr gefallt mir, ihr zwei Dicken", spricht der Punk Kleymann und den leblosen großen Nager an (leblos deshalb, weil keine Meike ihn im Dialog mit Kleymann näselnd zum Leben erweckt), der Punk steht jetzt bei ihnen und nicht mehr vorn an der Wagentür. „Das freut mich", sagt Kleymann und bleibt distanziert.

Der Punk ist etwa siebzehn Jahre alt, ein Junge, gestiefelt und in schwarzes Leder gekleidet, von unbestimmter Haarfarbe (sie gibt sich grün), mit ein paar Pickeln, großen Augen, merkwürdig sauberen Händen – ein dünner, großer Junge, größer als Kleymann.

„Du zeigst dem Kleineren von euch Dicken die Stadt und den Fluß und das alles", sagt der Punk, „und du provozierst die sogenannten Fahrgäste sehr damit. Und deshalb tust du es vielleicht."

„Wenn du das so sehen möchtest", sagt Kleymann, halb abgewandt.

„Ich hab das gehört, was du von dem Unfall erzählt hast", fährt der Junge fort, „von dem Knaben, der von der Schwebebahn verletzt wurde. Steigt ihr hier aus? Ich auch. Ich kenn noch eine andere Geschichte von einem Jungen und der Schwebebahn."

Sie stehen jetzt auf der Plattform des Bahnhofs, der Zug ist fortgeschwankt, sie stehen herum, und Kleymann trägt eine Hängetasche und die abgewetzte Maus, der Fremde trägt Stiefel und Ketten.

„1950, zum Jubiläum unseres städtischen Zoos, wurde als Reklame-Gag ein Elefanten-Junges in der Schwebebahn transportiert. Bekam aber Platzangst oder Klaustrophobie oder wie man es nennt und sprang durch die Scheiben hinaus, an der Adlerbrücke war das, er fiel in den Fluß, tat sich aber gar nichts und stapfte beleidigt davon." Kleymann und sein Stofftier lachen.

„Ich heiße Konni", sagt Kleymann, hebt Aloysius in die Höhe und läßt ihn sagen, daß er Aloysius heiße. „Angenehm", erwidert der schwarzgekleidete Grünhaarige und schüttelt dem Kleinen seine verkümmerten Mäuse-Gliedmaßen, wobei die Ketten rasseln. „Ich bin der Skunk."

„Ekelhaft", spricht Aloysius, „schon wegen der Drüse."

„Ich bin der letzte Punk von Wuppertal", teilt das Stinktier mit. „Ihr wißt ja vielleicht, was hier einmal los war. Aber jetzt ..."

An diesem Punkt der Begegnung hält Aloysius den Zeitpunkt für gegeben, zu einer kleinen genäselten Rede anzusetzen, des Inhalts, daß er der Jugend keineswegs das Recht auf diese ihre Jugend verweigern wolle, er selber sei auch Katholischer Pfadfinder gewesen seinerzeit, daß es aber für Arbeitsscheue und notorisch Auffällige eine Art von Heimen geben solle, Lager möchte er sie nicht nennen, aber ein Arbeitsdienst habe noch keinem geschadet. Was das Auftreten einer größeren Zahl solcher wahrscheinlich schmutziger Stiefelmänner und Irokesen in dieser Stadt vor ein-zwei Jahren angehe, so habe er davon gelesen, obgleich er darüber eigentlich gar nichts wissen möchte, die Polizei habe freilich im Interesse des Einzelhandels für Ordnung gesorgt, auch im Jugendzentrum Börse Verhaftungen vorgenommen, er selber, Aloysius, sei der Auffassung, Moden hin, Tendenzen her, ein ordentlicher Haarschnitt sei immer Mode.

Der Skunk freut sich, und auch Kleymann ist so aufgeräumt wie selten. „Daß ich Skunk heiße", ergänzt Skunk ungefragt, „geht übrigens schon lange. Lange bevor man die Skins so zu nennen begann, die Nazi-Skins."

„Skins? Nazi-Skins?"

„Ja, die nennt man mitunter auch Skunks. Das sind Drecksäue, Faschos. Aber ich hieß halt schon früher Skunk."

„Ich kenne einen, der heißt Ratte."

„Ratte ist gut, find ich gut. Echt unappetitlich. Und wohin seid ihr zwei unterwegs, ich geh mit."

Und Kleymann, der ja die Referendarin Kerstin Backes nur und ausschließlich darum besuchen will, um einen entstehenden Roman mit ihr durchzukauen und mit Hilfe ihrer täglichen Erfahrung ein korrektes Bild von „der Jugend der achtziger Jahre" in diesem seinem Roman zu zeichnen, beschließt, den Lederknaben und Deutsch-Indianer mitzubringen: als lebendes Objekt ihrer Überlegungen und auch so. „Ich besuche eine Freundin, die ist Lehrerin", antwortet er dem Skunk.

„Ich hab nichts vor", erwidert der, „gehen wir, führen wir Aloysius jeder an einer Hand."

An einem jener Abende

An einem der Abende dieser Tage, an dem die Meike nicht da ist – sie ist zu ihren Eltern ans Steinhuder Meer gefahren –, klingelt es an der Tür, und Kleymann, dem das Herz in die Hose rutscht und zugleich heftig pochend aus dem Hemd springt, geht zur Tür, sein Herz hüpft vor ihm her, und er will, wenn er die Tür geöffnet hat, zuerst zu Boden schauen, ob die nackten Füße vor ihm so schmutzig wie damals sind.

Es ist Kerstin Backes, die an diesem Abend vor der Tür steht.

Sie trägt eine enge, schwarz-weiß gestreifte Latzhose.

Kleymann schaut ihr überall hin.

Kleymann hat einen Schuljungen erwartet, nicht eine Lehrerin.

Kleymann kennt nur die eine Form der Liebe: mit Ärschen und Schwänzen und pubertierenden, manchmal abgekauten Fingern, die an die Ärsche fassen, an den Schwänzen reiben; eigensinnig nennt er all das das Seine.

„Ich bring dir die ersten Kapitel zurück", sagt Kerstin, „mit meinen Randbemerkungen."

Kleymann liest abermals der Meike aus seinem Roman

Gibt es Öderes in Wismar als den Sonntagnachmittag? Gibt es einen öderen Sonntagnachmittag als in Wismar? Aber für diesmal ficht Peder die alles beschwerende Ruhe in den Straßen nicht an, er braucht sie, um seine Gedanken und Gefühle zu ordnen. Ohne ein bestimmtes Ziel durchstreift er die Fußgängerzone. Am Brunnen sieht er Monika, Iris, Michel (mit Stirnband und Mundharmonika) und noch jemanden sitzen, den er nicht kennt. Peder hält sich vom Brunnen fern.

Die Gassen der Altstadt. Die Schaufenster der kleinen Geschäfte. In fast jedem stehen verlogene und ganz unsinnige Parolen von der Freude und der Vorbereitung auf den bevorstehenden soundsovielten Parteitag zu lesen. Für einen Moment bleibt Peder an der Buchhandlung stehen, als ob er nicht wüßte, daß noch die selben langweiligen Bände ausgestellt sind und darüber der idiotische Satz prangt: „Ganz Bulgarien ist eine Friedensbewegung!"

Rechterhand liegen die alten Kornspeicher und Kontore, die baufälligen Häuser, das Gewirr von Backstein und roten Dächern. Über ein

Brückchen geht Peder in die Altstadt hinüber. Er stellt sich vor, wie der Kleinbürgerpöbel, diese Ladenbesitzer und Museumswärter, diese Parteifunktionäre und Schleusenwächter ihn in diesen Gäßchen johlend einkreisen, den Radius seiner unüberlegten Flucht verringern, sein Versuch, über die Dächer auszubrechen, bis er von einem Mauervorsprung stürzt und aufs Pflaster schlägt. Aus einer Verfilmung von „Oliver Twist" hat er das: so flieht, so endet Sikes, der Bösewicht.

Peder biegt in eine der Gassen, von da in die nächste und so fort. Wismar ist klein, er wohnt selber in einem solchen Sträßchen, aber auf der anderen Seite der Fußgängerzone. Von dort geht er nur wenige Schritte morgens zur Schule.

Er wird sich von Iris und Michel keineswegs distanzieren, das hat er bereits beschlossen. Er wird die verurteilende und verdammende Erklärung nicht abgeben, allen Scherereien und Existenzängsten zum Trotz, die diese Entscheidung zeitigen wird, Scherereien mit denen, die auf ein solches Verdikt durch ihn warten: der widerliche FDJ-Leiter, der Iris „führt und vorsteht", der Klassensprecher von Peders Klasse, dessen Vater und all die HO-Vorsitzenden und Stiernacken dieser muffigen Stadt.

In einem der winkligen Höfe führt eine alte hölzerne Stiege ins Dunkle empor: reizvoll-uralt, aber auch äußerst baufällig und offenbar gefährlich. Peder hat sie, obwohl er hier oft umhergeht, nie beachtet, wie wohl keiner sie zu beachten scheint. Ob man sich hier irgendwo zurückziehen, verbergen, verstecken könnte, wenn man einmal ein paar Stunden wirklich für keinen zu sprechen sein will, keine Türglocke und kein Telefon einen erschrecken sollen? Peder steigt, ohne wirklich sagen zu können warum, die Treppe hinauf.

Sein einziger Wunsch in diesen Stunden und Tagen ist, sich in diese Front, die ihn anekelt, nicht zwingen zu lassen. Peder hatte nichts einzuwenden gegen jene stumme, aufrichtige, verletzliche Kleinstmanifestation auf dem „historischen" Marktplatz: von acht Schülern der Polytechnischen Oberschule und einem Krankenpfleger des Städtischen Krankenhauses – neun Aufrührern insgesamt! Er, Peder, hatte Michel in diesem Moment, als man ihm empört die von der Polizei aufgenommenen Fotos zeigte und er ihn sofort erkannte, sogar besonders geliebt.

Und Michel würde ihn auch nicht verraten, eisern und verschwitzt mit ihm über die roten Dächer klettern, ob die Bürger auch Steine auf die Verfolgten werfen und von oben die Tauben auf sie scheißen würden.

Ein Dachboden voller Taubendreck über den Dächern von Wismar ist es, in den Peder gelangt ist. Beim Blick aus dem zerschlagenen Fenster auf die roten Dächer fällt ihm eine Einstellung aus Werner Herzogs Nosferatu-Film ein – eine Szene mit huschenden Ratten, die Peder angeekelt haben. Halbdunkel. Sein Fuß stößt gegen ein paar Stücke farbige Kreide, in einer Ecke riecht es nach Wachs, Zigarettenstummel liegen in einer runden Dose vor ein paar schmutzigen Matratzen. Ob sie sich hier, zuweilen oder regelmäßig, getroffen haben? Hier die Kerzen versteckt gehalten, die an jenem Abend so plötzlich vorhanden waren? Sind sie hier im morschen Gebälk der Altstadt hin und wider gehuscht, Iris, Monika, Michel, Jerry und die paar anderen – diese angeblichen Schädlinge, die ein angebliches Fieber in den angeblichen Frieden der Stadt tragen?

Ein Genrebild aus dem Frühsommer des 85. Jahrs

Inmitten sitzt Konni Kleymann im Sessel, links und rechts von ihm sieht man seinen Besuch: aus Wuppertal ist das Stinktier gekommen, und kurz nach ihm hat die Ratte geklingelt. Das kommt jetzt öfter vor, daß einer von den Jungen oder gar beide bei ihm sitzen, wenn sie aus der Schule kommen oder sie schwänzen.

Kleymann sitzt vor der Schreibmaschine, mit einem eingespannten Blatt täuscht er sich selbst Beschäftigtheit vor, die Gäste ignorieren solche Gesten sowieso.

Skunk stampft mit schweren Stiefeln, die in einem lächerlichen Mißverhältnis zu seinen überaus dünnen Ärmchen stehen, an der „Bücherwand" Kleymanns entlang, zieht einzelne Bände heraus und schiebt sie wenig achtsam wieder zurück.

Dazwischen richtet er an den Gastgeber Fragen: Hatte die Frau Krebs, mit der zusammen sich Kleist umgebracht hat? Wieso Amerika – Sacco und Vanzetti klingt doch ganz spanisch? Schreibt Lenin spannend? In dem Buch „Die Epoche der Aufklärung" – sind da Bilder von Nackten drin? Und hast du auch Pornohefte?

Die Ratte, Stefan, der schönste Junge der Welt, sitzt dagegen schweigend auf Kleymanns anderer Seite, hat Kopfhörer umgeschnallt und wiegt sich zu einer Musik, die Kleymann, der ihn anschaut und ihn unendlich liebt, nicht hört.

Kleymann will Stefan, den Kleineren, den Schweigenden, den Schönen berühren und stolpert recht unbehülflich mit seiner Kaffeetasse auf ihn zu. Er legt ihm eine Hand auf das dünne Jeans-Blau über seinem dünnen Bein, und Stefan sagt, ohne aufzuschauen, „laß doch, ich mag das nicht". Der Skunk, der jetzt irgendeinen Bildband auf seinen Knien blättert, grinst, aber gutmütig und mehr um zu überspielen, daß er die Verletzung spürt und mitleidet. Wenig später legt die Ratte den Kopfhörer hinter sich auf ein Bücherbrett und geht, ganz Götterbote und Herr im Haus, mal zur Meike hinüber, die alle sehr mögen.

Die Ratte will nicht

„Er springt auf nichts an. Er ist stumpf."
„Schau dir die Schwäne an, Konni."
Zwei Wäldchen, und in jedem liegt ein kleines Palais. Von einem der beiden Wäldchen-Schlößchen führt eine Allee zum anderen. Die Allee aber wird von der Eisenbahnlinie Köln/Bonn dergestalt geschnitten, daß Allee und Schienenstrang einen spitzen Winkel bilden. Man kann die Allee nur entlanggehen, indem man auf halber Strecke eine betonierte Unterführung benutzt, über der die Fernzüge dröhnen. Das ist Brühl.
„Ich kenne die Schwäne zur Genüge, Meike. Es ist unser dritter Versuch, Schloß Augustusburg zu besichtigen. Wir sind zum zigsten Mal in Brühl. Ich will, daß das Schloß selber endlich mal für Besucher geöffnet ist. In Elbkähnen unter kundiger Führung übers gewienerte Parkett rutschen. Und ich will, daß, wenn wir wieder in Köln sind, der Rattenknabe vor der Wohnungstür steht und sich von mir befingern und betören und wie man so sagt besitzen läßt. Aber ich glaub schon kaum noch daran."
„Du mußt es nur unablässig versuchen."
„Er will nichts mit mir."

„Vielleicht weiß er nur noch nicht, daß er es will."

„Scheißhausparolen. Ich hab ihn so anders gesehen, als er damals barfüßig und nicht Mann und nicht Weib und nicht Kind in unserer Küche stand. Er ist so stumpf."

„Ich glaube, wir haben Glück und das Schloß ist heute geöffnet. Er ist nicht stumpf, das glaub ich dir nicht."

„Wann redet er schon mit Aloysius, wann nimmt er ihn als Gesprächspartner ernst? Er ignoriert ihn, er weigert sich sogar, mit ihm zu sprechen. Nennt ihn ein Stofftier und die Kommunikation mit ihm affig. So seine Worte."

„In dem Alter!"

„Wer sich in seinem Alter nicht durch Fiedelspiel aus dem Stadttor herauslocken läßt, wann soll dann seine Zeit sein? Der Skunk, der ledrige Kerl, der spricht mit Aloysius. Führt ihn sogar an der Hand."

„Der Skunk ist anders."

„Skunk blättert auch in Zeitungen, weiß, wann wo Unruhe herrscht. Aber Stefan ..."

„Bemüh dich um ihn."

„Er will nichts mit mir."

„Und warum kommt er dann immer, kommt mit dem Skunk, kommt ohne ihn, kommt jedenfalls? Ja, schau, man kann das Schloß heute betreten. Erster Sonntag im Monat."

„Er hat es mir klipp und klar gesagt, ‚ich will nichts von dir' und so ähnliches. Sehr brutale Dinge. ‚Du bist nicht der Typ für mich.' Oder:

‚Ich kenn dich bereits zu gut, um mit dir wie auf nem Bahnhofsklo, und anders will ich nicht.'"

„Gut Ding will Weil haben. Zweimal Studentenermäßigung."

„Wie soll ich einen Roman schreiben, in dem das alles klappt: der Pädagoge ein anziehender ‚Twen' und steht für die Einheit von Eros und Lebenshilfe und Kampf und Sex, wie soll ich das schreiben, Meike, wenn ich so dämlich dastehe gegenüber dem. Wie soll ich die Richter und Staatsanwälte denunzieren, beschimpfen, verhöhnen, wenn der da selber nicht will. Ach, und was für ein Engel!"

„Schau mal, was für Putten."

Blond und regennaß

An einem Abend ist Kleymann wieder allein und macht sich während der Tagesschau Brote. Stefan, dem er die Wohnungstür öffnet, ist völlig naß an den Haaren, an der Kleidung, der Regen glänzt in seinem Gesicht. „Regnet es denn?" fragt Kleymann. „Da fragst du noch", erwidert die Ratte, legt die nasse Jacke ab, aber sonst nichts, und setzt sich vor die Tagesschau.

Kleymann streicht ihm über das Haar, blond und regennaß – was geduldet wird –, weiß sich wenig später, als Stefan, ohne etwas weiter gesagt zu haben als „machst du mir ein Brot", bereits irgendetwas anderes im Fernsehen sieht, nichts Gescheiteres als den Versuch, hinter dem Stuhl stehend Stefan zu umarmen. Der wehrt das Bemühen, offensichtlich gelangweilt, ab, „ach, laß doch, Konni." Aber Kleymann hat bei seinem täppischen Trachten wahrgenommen, daß die Ratte noch immer völlig nasse Kleidung trägt, und schlägt ihm vor: „Zieh doch was anderes an, du wirst dich sonst noch erkälten! Weißt du was, ich laß dir Badewasser ein."

„Neenee", winkt Stefan ab, macht sich ein Bier auf, „damit du dauernd reinkommst und glotzt, kein Bock."

Konni Kleymann ist in diesen Tagen nicht glücklich.

Kleymann weiß nichts über die Meike

Kleymann ist in diesen Tagen glücklich, denn Kerstin Backes besucht ihn – unangekündigt, unregelmäßig, und es macht ihm Herzklopfen. Aufgeregt ist er, weil ihm die, die noch immer, wie sie sagt, darum kommt, um mit ihm seinen entstehenden Roman „Plädoyers vor dem Rat der Stadt Hameln" durchzusprechen, körperlich „und auch so" außerordentlich gefällt und weil er weiß, daß sie über Nacht bei ihm bleiben wird. Sie ist schlank und schön und, wie er sich sagt, knabenhaft. Doch stürzen ihn ihre Besuche in ebenso tiefe Abgründe der Verwirrung über sich selbst und seinen Platz in der Welt, wie sie ihm Erregung und neuartige Lust bereiten.

Zunächst einmal pflegt sie Kleymann jedoch in der Küche gegenüberzusitzen, zu rauchen und zu krittteln: „Du machst dich lächerlich, Konni, du kannst nicht den einen Schwulen Peter Ast und den andern, den aus der DDR, Peder nennen."

„Der Name Peter Ast", sagt Kleymann unwirsch, „ist, wie du weißt, schon gestorben."

„Und der andere Name muß auch weg", entscheidet Kerstin. „Mich überzeugt das alles auch so nicht. Meinst du, die DDR und konkret diese

Stadt Wismar, die du nicht kennst, bekommen Farbe und Leben, indem du ein paar Worte dazwischenwirfst wie FDJ und HO?"

Kleymann schweigt verstimmt, und Kerstin setzt ihre Einwände fort: daß die von Kleymann erfundenen Romanfiguren kein Leben hätten, jeglicher Charakteristik entbehrten, die beiden Lehrerfiguren nur eine Fläche seien, auf die er, Kleymann, seine Anschauungen und – in Maßen – seine Empfindungen eintrage, die andern Figuren, die Jugendlichen vor allem, Rainald oder Michel, ganz und gar schemenhaft seien, so daß der Leser zwar erfahre, daß „Ast" oder „Peder" sie liebe, doch könne man nicht recht erfassen, warum.

„Wer kann das schon", brummelt Kleymann.

„Könntest du", fragt ihn Kerstin, „zum Beispiel mich genau beschreiben? Und den Punk, mit dem du mal bei mir warst? Oder Stefan? – Vielleicht wäre es eine nützliche Übung, wenn du es mal versuchen würdest."

Später ist die schöne und in Wirklichkeit gar nicht besonders knabenhafte Kerstin nackt im Bett neben ihm eingeschlafen, und Kleymann versucht sich im Beschreiben. Soll er, kann er beschreiben, wie sich ihre Brustwarzen aufrichten, wenn er über sie streicht oder wenn sie friert? Aber gerade das ist so schön. Muß man beschreiben, wie eine Frau auf dem Leipziger Platz zu Köln den Autoschlüssel abzieht, eine Schultertasche überwirft und auf das Haus zugeht, aus dem einer sie anschaut? Aber gerade nach diesem Moment ist er süchtig. Eine Handbewegung aus unbeholfenem Zorn, die er am Skunk beobachtet hat und die zu dem gehört, das Kleymann Hoffnung „auf die Jugendlichen" macht? Das Grinsen des Skunks, wenn er Aloysius über die Tischplatte führt? Stefans Haut, Stefans Arsch, Stefans Verschlossenheit?

Nur Klischees vermag Konni Kleymann leicht zu Papier zu bringen: die Formeln und Bilder, zu denen seine Weltanschauung geronnen ist. Enge Hosen und enge Elternhäuser, Sitzstreiks auf nassen Straßenbahnschienen, Umarmungen und Spiritusmatrizen, in das Lächeln von Jungen und Mädchen nicken aufmunternd Lenin und Trotzki, von links unten im Bild nach rechts oben: eine Erektion, eine gereckte Faust, ein Fingerzeig auf sogenanntes Morgenrot. Kleymann entdeckt, daß es ihm stets nur gelingt, unsichere Aufbruchsituationen niederzuschreiben, nie von Bleibendem, Sicherem, daß er aber gerade in der Beharrlichkeit dieses fortwährenden Vorwärts- und Stimmbruch-Optimismus so fade, so konservativ ist. Es ist, fällt ihm auf, leichter und attraktiver, von „unbequemen" Jungen, von Elternhaus-Flüchtigen, von Kinderkreuzzügen hinter einer Hoffnungsflöte zum Stadttor hinaus zu schreiben, als von langen, von ruhigen Dingen, wie es seine der Niederschrift offenbar unwürdige Gemeinschaft mit einer Studentin namens Meike ist.

Er stellt auch fest, daß ihm wenig einfiele, sollte er die Meike beschreiben. Kerstin schläft,

Kleymann liegt wach und sieht unter der Tür den Lichtschein aus dem Flur und der Küche, Meike scheint zu hantieren. Meike studiert Geschichte und Völkerkunde, Meike ist dicklich und häuslich. Sie zeigt ein großes, selbstloses Interesse an dem, was Kleymann sein literarisches Vorhaben nennt, und begegnet ihm stets unaufdringlich. Man braucht vor ihr nichts zu verbergen.

Aber Kleymann weiß von der Meike nichts. Nichts von ihrer Kindheit – ihre plattdeutschen Eltern rufen mitunter an –, von ihren „Jugendkrisen" und „Erfahrungen", gar nichts von ihren Gefühlen. Liebt Meike wohl mal wen? Wie ist das alles für sie? Mag sie auch mich? Wie lange wird sie mit mir am gleichen Strang ziehen? Kleymann beschließt, Meike gelegentlich bei einer Flasche Amselfelder zum Erzählen zu bringen.

Es gibt zwei Sorten Ratten

„Es gibt zwei Sorten Ratten", deklamiert Kleymann, ruft es durch die Halle,
  „Die hungrigen und satten.
  Die Satten bleiben vergnügt zu Haus,
  Die Hungrigen aber wandern aus."
Er hat nur einen Zuhörer, und der steht weit drüben in dem großen Raum, der das ganze Stockwerk einnimmt, auf der andern Seite der Spinning Jenny, des ersten mechanischen Webstuhls; Kleymanns einziger Zuhörer ist Skunk, ein Junge, dessen richtigen, „bürgerlichen" Namen Kleymann nicht weiß.
  „O wehe", ruft Kleymann, „wir sind verloren,
  Sie sind schon vor den Toren!
  Der Bürgermeister und Senat,
  Sie schütteln die Köpfe, und keiner weiß Rat."
Der Skunk freut sich an der Rezitation.
Kleymann freilich schließt an den Vortrag seines Gedichts Belehrungen über dessen Urheber, Heinrich Heine, und die Zeit der Massenproletarisierung und Industrialisierung an, in der Heine es schrieb. Er nennt den Zusammenhang, der Heine über seinen zeitweiligen Freund Marx mit dessen Genossen Engels verbindet, in dessen Gedenkstätte Kleymann und Skunk sich befinden.

Zwei Stunden ist es her, daß Kleymann (der von Kerstin kommt, bei der er über Nacht war) und das Stinktier (das aus der Schule kommt, es besucht die Kurse der Oberstufe einer Wuppertaler Gesamtschule) sich in Elberfeld getroffen haben, an dem Brunnen auf der Alten Freiheit, beim Schwebebahnhof Döppersberg. Sie waren verabredet. An diesem selben Brunnen, so hat Kleymann erfahren, haben sich wiederholt die Kahlgeschorenen und Stiefelträger, die Irokesen und Ledermänner und Nadel- und Nagel-Geschmückten gesammelt, um den Schrecken ihrer Anwesenheit an den „langen" Samstagen in der Elberfelder Einkaufszone zu verbreiten.

Dann sind Kleymann und Skunk mit einem Bus zur „Börse" gefahren, die der Junge als Ort des Anstoßes und bekannte Skandalstätte schon länger vorführen wollte. „I proudly present", sagte er vor dem großen am Berg gelegenen Haus, „einen Treffpunkt, der mir lange vielleicht das bedeutete, was für dich wer weiß welche Stellen waren, Republikanischer Club oder Kommune Soundso oder was. Hier waren fast so viele Polizeieinsätze wie Punk-Konzerte waren, und einmal hat die Polizei bei einer Diskussion über eine Demo alle, die da warn, verhaftet." Kleymann wurde umhergeführt. Hier erfuhr er Einzelheiten über „Fraktionen" der Jugend der achtziger Jahre, die über das, was Kerstin ihm mitteilt und was er aus der Ferne sieht, hinausgehen. Kerstin erzählt ihm, wie sie Schüler „motiviert" (die Ratte berichtet, wozu sie „Bock hat", was dasselbe ist), der Skunk zeigt ihm, wo und wie sich Bock und Gärtner jagen. Daß sich Kleymann von den zwischen zerbrochenen Bierflaschen an Bahnhöfen sitzenden Panzerknackern, wie er sie ihres Aussehens wegen nennt, teils bedroht, teils abgestoßen fühlt, ist eine andere Sache.

Nachher auf der Straße wußte man nicht so recht, was jetzt. Und da sagte Kleymann, auch er wolle dem Skunk gewisse Räumlichkeiten vorführen, es sei ihm daran gelegen.

Sie fuhren nach Barmen hinüber, stiegen just an jener Schwebebahn-Station aus, in deren Nähe, wie der Skunk Kleymann bedeutete, das Elefantenkind ins Wasser geplumpst war, und gingen hinüber zu dem Haus der Fabrikantenfamilie Engels, heute „Museum für Frühindustrialisierung". Sahen in dem alten gediegenen Wohnhaus (flüchtig) Biedermeier-Möbel, Fotos früher Kommunisten: Marx, Engels, Freiligrath, Stephan Born, an den Wänden fotokopierte Dokumente der frühen Arbeiterbewegung, Kleymann beugte sich tief, um das Deckblatt eines dramatischen Versuchs des frühen Engels zu entziffern: auch er – „schrieb" ...?

Im Hinterhaus mehrere Stockwerke eines Museums für die technische Entwicklung und die Klassenkämpfe des vorigen Jahrhunderts. Sonderlich die Textilindustrie als Vorreiter in jenen Jahrzehnten (nicht nur, aber gerade auch im Wuppertal) war in Bild und Text und Ausstellungsstück repräsentiert: Verlagssystem, Weberaufstand, mechanischer Webstuhl.

„Worauf ich hinauswill", sagt Kleymann nach dem (einstudierten, auswendigen) Vortrag der „Wanderratten", „daß du siehst, daß für den Staat und das Bürgertum die Arbeiterklasse so ein provozierender und unberechenbarer Alpdruck war, wie ihrs heute sein wollt."

„Schön wärs, wenns noch so wär", erwidert der Skunk scheinbar unkonzentriert, während er seinen langen Oberkörper in einen Webstuhl hineinreckt. „Grund genug hätten die Arbeiter, wieder zum Schreckgespenst zu werden."

Konnie Kleymann freut sich. Es fällt ihm auf, daß für diesen Burschen, der dreizehn Jahre jünger als er ist, gewisse Probleme, mit denen er, Kleymann, sich durch die Jahre herumschlug, gar nicht zu existieren scheinen. Er bedarf keiner umständlichen Mehrwerttheorien und Thesen pro und contra Marcuse, um den Zusammenhang zwischen den elenden und immer wieder rebellierenden Arbeitern der verflossenen Epochen und den „abhängig Beschäftigten" von heute herzustellen. Die Arbeiter sind ausgebeutet, klar. Ihr Patron schuldet ihnen weit mehr als den Lohn, gewiß. Zu der Zeit, als Kleymann an Straßenständen und in Schulungen derlei kündete, war das gar nicht so klar und gewiß. Und die düstere Armee der Arbeitslosen, die es in Kleymanns Jugend nicht gab, gehört für den Skunk zu der ihm durch all seine bewußten Jahre allgegenwärtigen Wirklichkeit. Diese eigentümlichen, schädelrasierten und kettenrasselnden, häufig Bierflaschen schwingenden Jungen und Mädchen, in deren

Kreis er Identität sucht, wissen wohl auch mehr als Kleymann je wußte von den Fluren in den Sozialämtern, von der feudalen Selbstherrlichkeit der Hausbesitzer oder der Banken, die den Armen die kleinste Kontoüberziehung verweigern und zugleich für halsbrecherische Kreditaufnahme Reklame machen.

Vom Friedrich-Engels-Haus gehen Kleymann und der Skunk zum Barmener Alten Markt, wo mit Plakaten und Flugblättern zum Kampf dafür aufgerufen wird, daß die Menschen dieses Landes jeden Tag eine Stunde weniger schwitzen und statt ihrer andere, die nichts haben, zu Lohn und Brot kommen sollten. Das Land, die Welt scheinen sich ändern zu wollen, und Kleymann und Skunk merken es und sind nicht recht zufrieden damit, nur Spinner und Zaungäste zu sein.

„Wir sind komische Vögel", sagt der Skunk, während er ein Flugblatt faltet und in einen seiner Stiefel schiebt, „nicht nur ich, du auch. Wir würden eine Kraft hinter uns brauchen. Indem diese hier sich schützen, könnten sie auch uns ein bißchen schützen. Vielleicht würden sie es." Dann lacht er plötzlich und sagt: „Sag noch mal die Strophe auf, aus der hervorgeht, daß die proletarischen Wanderratten Punks oder so was waren!"

„Es haben", so Kleymann nun, „diese Käuze
Gar fürchterliche Schnäuze;
Sie tragen die Köpfe geschoren egal,
Ganz radikal, ganz rattenkahl."

Kleymann nimmt zur Kenntnis,
daß nicht jeder Ratten liebt

An einem warmen Sommerabend kaufen Meike und Kleymann zwei Rückfahrkarten nach Hameln (sie reisen übermorgen). Wie auch schon früher manchmal gehen sie vom Kartenschalter aus über die Domplatte, um, wie Meike es nennt, „ein wenig zu spinxen", sich wechselseitig Jungen zu zeigen, die dort herumlungern, „den find ich scharf, Meike", „das dacht ich mir, und wie den?"

Als sie unlängst den selben Weg spazierten, war Meikes Mutter vom S-teinhuder Meer dabei. Just als sie an den Resten des römischen Nordtors vorbeiflanierten, stieß Muddi einen kurzen Schrei aus und eilte schweigend weiter. „Was war denn, Muddi?" hat Meike gefragt, als Konni und sie ihre Mutter eingeholt hatten. „Hast du denn den eigentümlichen Kerl nich gesehen, der am Hinterkopf glatt rasiert war?" stieß Muddi erregt aus. „Der hat da auf der Glatze eine riesige weiße Maus sitzen gehabt!" Und sie erklärte bestimmt, sich eines Brechreizes nur mit Mühe erwehren zu können.

Jetzt, da sie den Ort des damaligen Geschehens passieren, wird daran lachend erinnert, und weil das Wetter so schön ist, setzen die beiden sich, zwischen Dom und McDonalds, auf eine Bank.

„Da unten ist vielleicht etwas los", das dringt an das Ohr des friedlichen Paars (sie sind keins), „auf der U-Bahn-Treppe. Da versucht einer, einem Jungen ein Auge auszudrücken."

„Will ich sehen", sagt Kleymann. „Da muß doch wer einschreiten", sagt die Meike. Und sie stehen von ihrer Bank auf und eilen die Treppe zum U-Bahnhof Dom/Hauptbahnhof hinunter.

Auf der Treppe drängt sich eine bunte Menschenmenge, nicht möglich, zu sehen, was in ihrem Zentrum geschieht. Doch hört man einen, „außer sich": „Ich bring dich um, du, ich brech dir alle Knochen, ich drück dir das Auge raus."

Wie auch immer, Kleymann lacht, was Meike mißbilligt, aber worüber er lacht, ist die Western-Stimmung, in die dieser Mann geraten zu sein scheint, und die besondere Plastizität, die dem Faustrecht dadurch gegeben wird, daß er es besonders auf ein Auge abgesehen hat. Aber über die Beschwichtigungsversuche der Anwesenden, das Zetern zweier alter Damen, die sich zwischen die in Streit Geratenen zu drängen versuchen, hinweg, zwischen den neuerlichen Versicherungen des einen der Kontrahenten: „Ich zerreib dir die Hornhaut vom Auge!", hört Kleymann nun auch die helle Stimme, die ihn sonst jauchzen und todbetrübt machen konnte, der Ratte Stimme, und die ruft: „Jetzt hörn Sie doch auf, haun Sie doch endlich ab!" Und zwei Polizisten durchteilen, wer weiß von wem alarmiert, die Menge.

„Ich bring ihn um!" – „Nun, nun, worum geht es denn?" – „Ich drück ihm ein Auge aus! Auf der Treppe hat er sich geflezt, kein Passant konnte vorbei, da hab ich ihn weggeschoben ..." „Weggeschoben! Er hat meinen Kopf zweimal gegen die Wand geschlagen!" „Das stimmt! Das kann ich bezeugen! Dr. Wurz vom Amtsgericht." „Ich hab mir nur mein Recht verschafft, vorbeizukommen, und das werd ich mir noch immer verschaffen. Und dem hier schlag ich alle Zähne aus."

Die Personalien werden festgehalten und ausgetauscht. Uwe Hanemann, Stefan Hoevermann, Versicherungskaufmann (COLONIA) und Schüler (in Holweide), wohnhaft da und da, und während einer der Polizisten notiert, verlangt Stefan, daß man Herrn Hanemann fortschaffe, weil er vor ihm nicht sicher sei, versichert jener wieder, daß er „den Kerl ermorde, ihm die Hornhaut zerreibe", und das nur, weil Stefan so auf der U-Bahn-Treppe gesessen hat, daß die „Fahrgäste und Passanten" nicht an ihm vorbeikonnten. Außerdem soll er freilich, nachdem er mit der Faust ins Gesicht geschlagen wurde, dem Versicherungskaufmann Hanemann einen Blutschwall auf sein weißes Hemd gespuckt haben. Kaum, daß die Polizeistreife weg ist, drängt sich Hanemann wieder herzu und versucht unter üblen Drohungen, auf ihn einzuschlagen. Es sind verschiedene Leute, doch zuvorderst die Meike, die ihn davon abhalten und sich dazwischenwerfen.

Schließlich verbringen Kleymann und Meike einen großen Teil des vorletzten Abends vor ihrer

Abreise nach Hameln, des Abends, an dem Konni Kleymann zur Kenntnis zu nehmen hat, daß es Leute gibt, denen pubertierende Knaben wurscht sind und die im besonderen Fall den blonden Stefan nicht mögen, damit, die sogenannte Ratte zu überreden, einen Arzt aufzusuchen, auch um seine Verletzungen (am Auge, am Kopf, am Handgelenk) aktenkundig zu machen; sie begleiten den Jungen in die Uniklinik. Nachts hat Kleymann wirre Träume, in denen Trotzki Rechenschaft von ihm fordert und Sokrates mit einer Weinflasche auf ihn losgeht und Ratte, Meike, Skunk, Kerstin, Peder, Peter Ast und ihre geliebten Jungen aus Hameln und Wismar in immer neuen Konstellationen erscheinen und am Ende Aloysius an das Bett des Schlafenden tritt, sich über ihn beugt, um ihm die Hornhaut zu zerreiben, und Kleymann schreckt auf, macht Licht, aber Aloysius sitzt da nirgendwo, drüben liegt er in Meikes Arm.

Die Rättin

Glücklicher Morgen in Hameln! Kleymann sitzt allein im Frühstückszimmer der Privatpension in der Alten Marktstraße, weil Meike noch schläft. Sie ist vor ihm zu Bett gegangen, schnarchte aber noch leise, als Kleymann morgens aufstand, und so ging er schon hinunter. Gestern sind sie am Abend eingetroffen und unaufdringlich empfangen worden, doch ist Kleymann noch ausgegangen, hat in Bahnhofsnähe im Stehen Bier und Korn getrunken, und als er zurückkam, war Meike über Mackays Büchern der Namenlosen Liebe eingeschlafen. Aber auf Kleymanns Seite des Ehebetts lag sein Nachthemd sauber ausgebreitet und der Conan Doyle auf dem Nachttischchen.

Glücklicher Morgen! Der Frühstückstisch gleicht dem in der Fernseh-Reklame, ist sauber und reichlich in seinem Angebot, und daß keine glückliche Familie an ihm sitzt, sondern Kleymann allein und in Ruhe seinen Sommermorgen-Gedanken nachhängt, ist ihm besonders erfreulich. Unter dem Fenster liegt eines der Gäßchen der gieblign Altstadt, durch die vor siebenhundert Jahren der Wundermann und Charismatiker Buben und Mädel hinter sich her und davongelockt hat. Durch diese Gäßchen wird Kleymann nach dem Frühstück zum Stadtarchiv gehen, wo er mit einem Dr. Hufnagel verabredet ist. Meike will einen Stadtbummel machen; „man muß nicht alles gemeinsam unternehmen".

Für einige Minuten freilich verfinstert sich Kleymanns Sinn, weil ihm etwas eingefallen ist, was ihm die Meike gestern auf der Zugfahrt berichtet hat.

Der Schriftsteller Günter Grass, den Meike in einer Fernsehsendung gesehen hatte, habe dort über Erreichtes und Geplantes geplaudert und daß er an einem Roman wirke, der den Arbeitstitel „Die Rättin" trage. Viel von Ratten gehe in ihm die Rede, und er, Grass, übe sich auch schon eifrig darin, Ratten zu zeichnen, um die Illustrationen selbst beizusteuern. Kleymann hat sofort aggressiv reagiert, und als Meike noch hinzusetzte, „ich wollte es dir sagen, um dich zu warnen", wütend das Abteil verlassen, um im Gang aus dem Fenster zu starren, während wahre seelische Schlachten in ihm tobten.

Sein Selbstbewußtsein, sein Selbstverständnis thronen auf einem schmalen Grat. Er nennt sich hin und wieder einen Schriftsteller, viel anderes hat er nicht aufzubieten. Stellen bei Staat und Wirtschaft hat er keine, gibt es keine, will er keine. Muß ihm der Blechtrommler, der Schneck, der alles hat: Erfolg, Ansehen, Geld, auch Ideen, „seine Idee wegnehmen" oder „vorwegnehmen"? Ein Ratten-Roman! Wenn Kleymann den seinen demnächst einem Verleger anbietet, sei's einem großen, sei's einem popligen, kriegt er ihn wiedergeschickt mit dem Hinweis, er reite auf der Welle mit, deren Richtung der große Grass unlängst angegeben habe; oder sogar ganz ohne Hinweise und Begründungen. „Zu unserm Bedauern." „Für unser Verlagsprogramm derzeit nicht geeignet." Kleymann hat die vage Vermutung, es müsse Zeiten gegeben haben, wo Verleger und Lektoren eine Ablehnung von Manuskripten mit einigen Worten inhaltlich begründeten.

Und in einem Moment wie dem auf dem Gang des Eilzugs nach Hameln räsoniert Konni Kleymann auch darüber, daß seine Fristen ablaufen, während er sein doch recht kleines Erbe verbraucht. Was ist er, wenn er nicht „Autor" ist, was ist er im nächsten Jahr? Warum sind auch in den Kreisen der Verleger und sogenannten Autoren, ohne daß davon öffentlich groß die Rede ist, alle Sessel bereits von fetten Ärschen besetzt, von „Autoren" und „Publizisten", die den Generationen vor dem Kleymann'schen Jahrgang angehören – die feistesten Steiße die, die „1968" älter waren als er!

Der Zug hatte in Löhne und in Vlotho gehalten, Meike hatte im Abteil gelesen, und die Krise in Kleymann war nach und nach überwunden worden. Meinen Clou mit Hameln hat der nicht, der Grass, mit der 700-Jahrfeier, dem „Rattenfänger-Jahr", das ich einbauen will. Und was weiß der andererseits überhaupt von den Leiden und Erregungen, die einer, der Knaben liebt und sie selten bekommt, zu Schriftlichem sublimiert? Das bin ich nämlich auch noch, hihi – nicht ein Nichtgedruckter und Verbände-Trottel und Anthologien-Selbstbezahler ohne Haltung und Format, sondern ein geistiger Sittenstrolch. Ich will mich mit den „Hamelner Plädoyers" beeilen, daß das Manuskript zur Buchmesse steht.

Jetzt, am glücklichen Morgen in Hameln, sind ihm die gestrigen Anfechtungen fast egal. Er steht jetzt am Fenster des Frühstücksraums und blickt in die Gasse. „Die Rättin!", murmelt er spöttisch. Was soll das schon geben! Über Frauen kann man nur Bücher machen, die langweilig werden, weil Frauen langweilig sind.

Daß er noch vor drei Tagen in ihrem Bett in Wuppertal-Vohwinkel in eine Kerstin eingedrungen ist, bei dem Rein-Raus erregt und fast glücklich war – er kann diese Gedanken herholen und wegschieben, nahezu wie er will. Bis so eine Krise kommt wie die gestern im Zug, die er auch kaum noch präsent hat und deren Wurzeln sich ihm nicht erschließen: nämlich daß seine Sicherheit von Jahr zu Jahr schwindet und daß er Sicherheit braucht.

Kleymann weckt die Meike und geht wenig später pfeifend aus dem Haus.

Der wilde Peter

„Wenn das so ist", sagt Dr. Hufnagel, „– nehmen Sie einen Likör? – wenn das so ist, könnte Sie auch unser Wilder Peter interessieren. Der Junge wurde zwar nicht vom Rattenfänger betört und davongeführt, gehört nicht in diese Sage und nicht in diese Zeit, aber auch er ist ein Hamelner Curiosum. Und er ist ein Junge, und wenn ich Sie recht verstehe, soll Ihr, äh, Roman doch um Jungen kreisen."

Seit einer Stunde sitzt Kleymann bereits bei Hufnagel im Stadtarchiv im „Hochzeitshaus" und hat vieles gehört und manches notiert: daß einiges dafür spreche, daß der Exodus der Kinder von 1284 eine zunächst mehr oder weniger normale, dann aber vielleicht verunglückte Auswanderung in die Zielgebiete der damaligen Ostkolonisation gewesen sei, daß Regionalforscher wie Dobbertin und Spanuth ihr auf den Spuren seien, daß das Feindbild des Pfeifers später hinzugedichtet worden sei wie auch das Motiv der Ratten, die in der damaligen Korn- und Mühlenstadt freilich eine besondere Plage darstellten; können Sie das gebrauchen? Schließlich hat Hufnagel begriffen, daß Kleymann gar keinen Zeitungsartikel zum Rattenfänger-Jubiläum und auch keine

Examensarbeit über deutsche Sagen schreiben will, sondern ein Prosawerk, in dem die Ratten und der Fiedler nur leitmotivisch und also nicht richtig in Erscheinung treten. Hufnagel zeigt sich darüber wenig verwundert, freut sich des „pädagogischen" Charakters des entstehenden Romans (Kleymann hat dieses Adjektiv gebraucht) und weist dann auf die Geschichte vom Wilden Peter hin.

Dieser war im Hochsommer A.D. 1724 von einem „Hamelner Ackerbürger" in der Flur umherstreunend gesichtet worden: ein Knabe, „dem Ansehen nach, wie aus seines Leibes Gestalt zu schließen gewesen, etwa von dreyzehen Jahren, ganz nackend, außer daß er am Halse etwas hangen gehabt, daraus man ersehen können, daß es ein Hembd gewesen. Der Bürger wird anfangs von dem ungewöhnlichen Anblicke etwas stutzig, ergreifft aber dennoch denselben und fraget ihn: wer er sey und warum er in so ungewöhnlicher Stellung sich allhier befinde? Wie nun der Knabe ihn also reden höret, antwortet er nichts, sondern fället zur Erde, küsset dieselbe, und machet allerhand abentheuerliche Minen und Stellungen, daß der Bürger, der solches alles mit angesehen, selbigen vor wahnwitzig hält, ihn auch wiederum mit sich in die Stadt zurück führet, da denn bey solchem setzamen Auffzuge der Zulauff des Pöbels dergestalt angewachsen, daß es der Obrigkeit angezeiget worden ..."

Eines jener „Wilden Kinder" also, erfährt Kleymann, die man eines Tages auf freier Wildbahn findet und die zuvor eine unbestimmte Zeit auf sich gestellt oder gar von Tier-Müttern gesäugt im Wald gelebt haben. Die Reihe ihrer bekannten Vertreter reicht von Itards Wolfsjungen von Aveyron zu dem indischen Kinderpaar Amala und Kamala und der Romanfigur Mowgli, und Kleymann, der Truffauts Film vom Wolfsjungen mit Begeisterung gesehen und über ihn gelesen hat, erinnert sich so wunderlicher Vertreter dieser Spezies wie der litauischen Bärenkinder, des Schweinemädchens von Salzburg, und auch der Hamelnsche Peter fällt ihm nun wieder ein.

„Wär das nichts für Sie?", fragt Dr. Hufnagel lächelnd und gießt noch zwei Cointreau ein. „Ein Kind, ein edler Wilder, nackt wie Gott ihn schuf, steht der städtischen Obrigkeit gegenüber. Dann vielleicht ein Verständiger, Geduldiger, der sich um ihn müht, wie Itard um den ‚Wolfsjungen', wie Professor Daumer um Caspar Hauser ... Aber wenn Sie etwas schreiben in der Art, bitte, lernen Sie Hameln kennen, seien Sie historisch und geographisch genau, seien Sie erst ein paar Mal Gast in unserer Stadt!"

„Nackt wie Gott ihn schuf", wiederholt Kleymann still im Innern und überlegt, ob ihn der Archivar als abartig durchschaut, ob er ihm über seinen Roman zuviel dargelegt habe. Aber nun ist auch das meiste gesagt, Hufnagel, der trotz Rattenfänger-Woche und Rattenfänger-Jahr genügend Zeit zu haben scheint, lädt Kleymann für den Montag noch einmal ein und will ihm alte

Dokumente über die „Kinderaußfartt", den „Kinderuthgang" von 1284 zeigen, ihm auch eine Schrift zur Einsichtnahme reichen, die da heiße: „Zuverläßige und wahrhaffte Nachricht von dem bey Hameln im Felde gefundenen Wilden Knaben, Was es mit selbigem eigentlich vor Beschaffenheit habe, wie er sich nach seiner Arretirung auffgeführet, und was vor Muhtmassung sich herfür gethan, auch was sonst merckwürdiges darbey vorgefallen. Von einer glaubwürdigen Person aus Hameln selbst an einen Freund schrifftlich abgefasset, nunmehro aber wegen vieler unterlauffender Merckwürdigkeiten zum Druck befördert. Wobey des Knaben seltzame Figur in Kupffer gestochen befindlich."

Kleymann hat mithin Grund zu schmunzeln, als er bald darauf auf der Gasse steht und durch die Gassen geht. Selbstredend gefällt ihm der Wilde Peter von Hameln. Er wird vielleicht neben die zeitgenössische Ratten- und Kinderfängerei einen zeitgenössischen Edlen Wilden aus Nacktheit und Rebellion setzen, der dann wohl Peter heißen muß, die beiden Junglehrer in Hameln und Wismar mußten ja sowieso ihren Namen wechseln. Ist nicht schade. Der Peter wird in einer Verwahranstalt für Jugendliche enden – wie die Junglehrer in Untersuchungshaft! Wie aber Nacktheit und Wildheit in das Leben einer so abscheulich biederen Kleinstadt einführen – in einer Zeit, da die Bäume gezählt und im rechten Winkel Schneisen durch ihren kranken Bestand gezogen sind? Wo soll da ein Wolfs- oder Waldkind noch Zuflucht finden? Da muß wohl die Wildheit zurückstecken, vielleicht nur noch in Gesten hausen wie diesen des Vierzehnjährigen dort, der inmitten der Osterstraße – Kung-Fu oder Disco-Fever – einen so schönen und ach so körperlichen Sprung vor seinen Mitschülern getan hat; seine Schultasche blieb bei jenen auf profaner Erde. Hat denn die Meike den Sprung gesehen, die Meike, die dort vor dem Eiscafé an einem der hinausgestellten Tische sitzt? Wohl nicht; sie hat unter einer gelben Sonnenbrille die Augen geschlossen und genießt die Wärme und tankt sie und wartet auf Kleymann.

Kleymann wird von der Meike geliebt

Abends sitzen die beiden im „Rattenkrug", und Kleymann, leidlich inspiriert und seelisch ausgeglichen, schreibt an seinem Roman. Meike und er sind es gewohnt, auch schweigend und mit verschiedenen Tätigkeiten beisammen zu sitzen – selbst in Cafés und Kneipen und auf die Gefahr hin, Kopfschütteln zu erregen.

Kleymann ist jetzt dabei, die eigentlichen Monologe niederzuschreiben, die den Kern der „Plädoyers vor dem Rat der Stadt Hameln" bilden sollen, läßt einen Advokaten von der doppelten Bedeutung sprechen, die das Wort agein von je her hat: führen und verführen, Demagogie und Pädagogik, ein Volk führen und einen Knaben anleiten, ein Kind verführen oder die Menge. Alkibiades, den Sokrates einst „anleitete", wurde zum bekanntesten Beispiel eines Däm-agogen im positiven wie negativen Wortsinn.

Später hat er das Gefühl, genügend Zeilen geschrieben, sein Pensum erfüllt zu haben, er kommt mit der Meike in ein Gespräch, und weil das Bier gut ist und der Ausflug insgesamt erfolgreich scheint, wird auch die ganze Welt schön und, wie man so sagt, lösen sich die Zungen. Kleymann spricht davon, daß die Meike ihm ja vor dem Zu-Bett-Gehn das Nachthemd und das „Tal der Furcht" bereitgelegt habe. Und Meike, die sich freut, daß derlei nicht unbemerkt bleibt, kommt auf das zu sprechen, was sie die Schönheit der Sitten nennt, den Frieden der Gewohnheiten, die Sicherheit, die von ihm, ja von Kleymann, auf sie ausgehe. Wie sie das meine? Sie meine etwa das Geräusch, das ihr so wohlbekannte, das Kleymann gegen acht Uhr abends beim Öffnen seiner ersten Bierflasche erzeuge – weshalb sie ihm doch den „Kulmbacher" Krug gekauft habe, den sie ihm gerne spült und hinstellt. Die Planung des Tages am Morgen – Universitätsbibliothek, Kopieren, Kefir kaufen, Lesung in der schwulen Buchhandlung. Das Resümee am Abend: zwei Seiten geschrieben, Skunk war da, Liebknecht verborgt, nach Hameln telefoniert. Alles scheinbar materielle Dinge oder Vorgänge, sämtlich aber nur schwer von seiner, Kleymanns Person zu lösen (bemerkt er).

Kleymann erfährt, daß Meike ihm gerne zuhört. Sie, die, um ein weniges jünger als er, im Jahr 68 Bücher von Pferden und Mädchen gelesen und ab dem darauf folgenden Jahr die Tanzstunde (gibt es sowas denn noch?) besucht, 1974 (so spät?), im Jahr ihres Abiturs, unter dem Einfluß eines bärtigen Lehrers vieles erfahren hat – und zwar beginnend mit dem Rücktritt des Kanzlers Brandt im Zusammenhang einer Spionageaffäre, über den sich der Bärtige, gewerkschaftlich Organisierte zu Beginn einer Unterrichtsstunde betroffen gezeigt hat; die auf „Interrail"-Reisen nach dem Abitur, einem belächelten „Pudding-Abitur", Athen, Kreta und Marokko bereist, während der ganzen Reise aber stets nur mit anderen „Interrail"-Reisenden (aus Holland, aus Dänemark, aus Aachen) Umgang gehabt hat; deren Pariser Mai in den Danziger Sommer fiel, von dem aus rückblickend sie sich vieles erarbeitete, was Kleymann erlebt und seither glorifiziert hat und an dem sie auch die Richtung, die Folge- und Aufrichtigkeit von Bewegungen und Bekenntnissen abmißt: sie hört deshalb oder gleichwohl Kleymann gern zu, wenn er seine Erfahrungen, zu Anekdoten geronnen, seine Meinungen, an literarischen Figuren exemplifiziert, seinen kleinen Mythos erzählen möchte.

Sie „geht mit", wenn er ihr von Theodorakis' Konzert gegen die Panzer erzählt. Doch liebt sie die Gegenwart. Und Kleymann stellt irritiert fest, daß die Meike gerade nicht die genialischen Momente und heroischen Posen schätzt, die Kleymann aus Allen Ginsbergs Gedichten zitiert und annektiert: vom fucking in die Ärsche der auf ein Pentagon Marschierenden, von der Christopher Street, über deren mit Steinen und Scherben verschönertes Pflaster er, Kleymann, einmal ein hymnisches Gedicht versucht hat. „Bevorzugst du vielleicht besonders meinen Anblick in langen Unterhosen?", fragt er die Meike an diesem Abend einmal, fast ärgerlich. Denn er weiß, das solche Unterhosen dem Panoptikum der libération nicht zugehören und auch am „Christopher Street Day" nicht zu sehen waren. Obwohl ...

„Weißt du", fragt er, „daß John Lennon in einer langen Unterhose und mit seiner Nickelbrille über die Reeperbahn stolziert ist?" Meike weiß es nicht, Kleymann war sozusagen dabei. Und so geht es weiter.

Vorsichtig, denn sie scheint Kleymann nicht aus der freudigen Aufgeregtheit seiner Anekdotenhaberei bringen zu wollen, reichert sie das Gespräch mit eigenen Erfahrungen und Auffassungen an: von der Erinnerung an den „riesigen roten Hodensack" ihres Vaters, Sinnbild furchteinflößender Männer-Geschlechtlichkeit, bis zur Utopie, solche Männlichkeit „irgendwie abzuschwächen" zum Androgynen hin. Daß ein „Weiberrat" einst gegen die Männerherrschaft im „SDS" aufbegehrte, ist ihr nicht einmal mehr als Historie geläufig, ihr junges Erwachsenenalter haben die Diskussionen und Ansätze geprägt, die Männergewalt zurückzudrängen, verschüttetes Begehren freizulegen, den Mann ändern zu wollen. In der Tat, „neue Männer braucht das Land", das kannst du aber singen, Konni, und Kleymanns Laune ist solcher Art am Hamelnschen Abend, daß er meint, noch so hohen Ansprüchen genügen zu können. Und Meike meints auch.

Sie gehen aus dem Rattenkrug heim in die Pension, und er ist angeheitert und hat den Arm um sie gelegt. Weiter unten schiebt auch sie den Arm um seinen Rücken. Kleymann schaut sie an und lacht, sie siehts und lacht auch, nicht verlegen, nichts ironisch überspielend. Morgen wird davon nicht die Rede sein müssen.

Kleymann und Meike folgen dem Rattenfänger-Spiel

Am Sonntag gehen Meike und Kleymann gegen Mittag ums Eck zum Marktplatz, wo auf der Treppe vor dem Hochzeitshaus allsonntäglich eine Laiendarbietung der Rattenfänger-Sage zur Aufführung gelangt. Wenn auch die Gedenkwoche heute zu Ende geht, der große Umzug, der „deutsche Sagen- und Märchengestalten – die Geschichte der Stadt Hameln – das heimische Vereins- und Wirtschaftsleben" vorstellte, bereits eine Woche vorbei ist, sind die Altstadtstraßen außerordentlich belebt – praktische Anoraks, Kniebundhosen, Fotoapparate und viele, allzuviele Vertreter der Spezies Eltern. Ein jeder möchte das Glockenspiel und um die Mittagsstunde die Laienaufführung mitbekommen. Man hört allenthalben die Worte lovely und fairy-tale, auf „T-Shirts" steht „Disneyland", die Menge schiebt sich durch ein umfassendes Angebot von Andenkenkitsch. Bis zur Bühne kommt man nicht durch, sicher nicht weniger als fünfhundert Kinder bilden die ersten Reihen des Publikums, hinter ihnen die Inhaber des Sorgerechts über sie, Kleymann und Meike finden weiter entfernt Platz, da das Spiel, auf amerikanisch angekündigt, beginnt.

Die wirklich bezaubernden kleinen Jungen in ihren Rattenkostümen. Die Kinder, die der Pfeifer betört: es sind alles Mädchen, unter ihnen eines, das Kleymann türkisch scheint. Der Stadtrat: feist, widerlich und wohl recht wahrheitsgetreu dargestellt. Er hat dem Rattenfänger Geld versprochen und wills ihm hinterher nicht geben.

Kleymann erinnern die Herren der Stadt von Hameln in ihrer Art, akzentuierte Knittelverse in eine Versammlung zu rufen, an den rheinischen Karneval im Fernsehen – trotz der kindlichen Schlichtheit des Spiels. Und wie bei der Fastnacht, wenn der Kanzler, der so sehr zu ihr paßt, büttenrednerisch „kritisiert" wird, die Kamera zu ihm hinschwenkt, der Kanzler fröhlich winkend den Narhalla-Gruß zurückgibt, so ist den Mimen des Hohen Rats und den Tausenden von Zuschauern gar nichts von der Kontinuität von Geiz und Borniertheit und Kommunalpolitik bewußt. (Vorhin hat Kleymann an einer Wand ein Plakat gelesen: 750 000-Mark-Feier – 700 Jahre Betrug – Den Rattenfänger konnten sie betrügen – wir lassen uns nicht mehr belügen – Gegen Arbeitslosigkeit, Atomstaat und Verschwendung.) Kleymann schaut auf die Freilichtbühne, über die Stiernacken vor ihm hinweg.

Die vielen Kinder. Ihre nervösen Eltern. „Zappel nicht", wie vor Jahrzehnten, „Hand vorn Mund beim Husten". Die Kinder-Ausfahrt, um die sich für Kleymann Knabenmorgenblütenträume ranken, nichts anderes als ein kleinstadtsonntäglicher Kaufanreiz for the entire family.

Kleymann trinkt zuviel vom Met

Schon am Nachmittag trinken Kleymann und Meike auf dem Hamelner Pferdemarkt. Dort nämlich ist an diesem Wochenende ein origineller Budenmarkt errichtet, der unter dem Motto „Kurtzweyl und Kramerey" ein mittelalterliches Bild abgeben soll. Vielleicht zwanzig Stände gruppieren sich ohne feste Ordnung um Marktkirche und Hochzeitshaus: Stände von Bäckern und Schmieden, Gerbern, Münzern und Imkern, Stände mit Schmalzbroten und Stände mit Gewürzen, Schanktische mit Alt-Bier und Traubensaft, Rostbratwürsten und ostpreußischem Bärenfang. Auf den Brettern einer offenen Schaubude wird mittelalterlich musiziert, ein Narr mit Schellenkappe springt um die Flötenden und Trommelnden herum, Alternative und Barfüßige tanzen im Reigen. Ein langer Mann mit Brille und Hakennase, der gleich den anderen Händlern in ein Gewand wie aus einem Robin-Hood-Film gekleidet ist, ruft der Meike, während er jovial durch die Menge schreitet, die Frage zu: „Nun, wie mundet Ihr der Bärenfang?" Meike lacht ihm zu und ruft: „Wohl, wohl!" Und der, mit den Worten „Das will ich meinen", setzt seinen Hirtenstab schon anderswohin.

Daß Kleymann so außergewöhnlich aufgeräumt ist, hat seinen Grund nicht allein in den Anregungen, die die Stadt Hameln ihm über sein Erwarten hinaus darbringt. Er wird die 700-Jahr-Feier einarbeiten, ihre Vorbereitung in einem städtischen Gymnasium, den offenbaren Widerspruch zwischen der Bereitschaft, sich auf die Tradition vom Rattenfänger und ihre für die Herren der Stadt meist wenig schmeichelhaften Deutungen einzulassen, und der Kälte und Bosheit, mit der man Sonderlinge und Pädagogen ins Gerede und zur Strecke bringt. Der Referendar, der nicht mehr Ast, aber auch noch nicht anders heißt, wird mitten in der Festwoche aus dem Schuldienst gejagt werden. Kleymann nimmt einen Schluck Bärenfang und denkt, daß er nicht vergessen darf, sich über Berufsverbote und Repressalien im Raum Hameln zu erkundigen – vielleicht beim DGB. Er steht vor dem Stand mit den Honigschnäpsen, Meike ihm beiseit, und sie trinken abwechselnd aus einem Becher. Es ist noch hell.

Der zweite Grund für Kleymanns fröhliche Stimmung ist neben dem allgemeinen Gefühl „allseitiger Planerfüllung" der, daß er schnell und viel getrunken hat: meistens den nach Honig schmeckenden ostpreußischen Schnaps. Immer im Stehen an diesem und einem anderen Stand. Zwischendurch sind Kleymann und Meike, als sie Hunger bekamen, in den Rattenkrug gegangen und haben sogenannte Rattenschwänze und jeder zwei Stück Rattenfängertorte gegessen.

Und es ist noch immer hell, als der in derbe Kittel gehüllte Schankwirt seine beiden Gäste auffordert, nach den acht Bechern Bärenfang auch von seinem „Met" zu kosten. „Was ist das denn?" Das sei ein altgermanisches Honigbier. Schmecke süß und süffig, hier sei ein Krug.

Das fließt nur so runter, dieses Bier, das so dünn scheint, daß es wohl kein richtiges Bier sein kann. Euphorie breitet sich in Kleymann, nein, offensichtlich in beiden, Kleymann und Meike, aus: Verschwisterung und Einklang der Seelen, die gestern abend gewaltet haben – da sind sie wieder. Meike kommt auf Jungen zu sprechen – den da hinten – den einen aus Konnis Heften – auf solche, die sie nur vom Hörensagen kennt und auf den einen, bei dem Kleymann abgeblitzt ist und der höchst merkwürdigerweise die Ratte genannt wird. Sicher, Kleymann muß sich ein „Ich kann das Wort nicht mehr hören – Ratte, Ratte, Ratte!" verkneifen; er schreibt von Ratten und ihren Bändigern und treibt hier am Ort dazu nötige Studien. Aber die Erinnerung an Stefan, der jetzt gerade in Köln wer weiß was mit wer weiß wem macht und jedenfalls nicht mit ihm, die in Kleymann irgendwo weit unten vergrabene Enttäuschung, seine unbefriedigte und durch übermäßigen und schnellen Alkoholgenuß gesteigerte Geilheit unterhöhlen seine Ruhe und Freude, machen sie zu Schein und Oberfläche, nur weiß ers noch nicht. Irgendetwas rebelliert in ihm, mal als Sehnsucht nach den Brüsten und dem schwarzen Haardreieck von Kerstin Backes, mal als Stich der verschmähten Liebe zu Stefan-Ratte, mal als schleichende Aversion gegen Meike, die seit ein paar Minuten über die Schönheit jugendlicher Finger spricht, jetzt auch über ihre eigenen erotischen Wünsche und Vorstellungen, daß sie jahrelang in großer Unklarheit über sie gewesen sei, dies und das ausprobiert habe, auch unter dem Einfluß und Vorbild anderer, zuletzt einiges über die Liebe zu Jüngeren erfahren, gelesen und überlegt habe. Von Sexualphantasien spricht sie gar, beim nächsten Becher Met nämlich, den sie geschwind bewältigt, sie, die sonst mäßig trinkt und sich über derartiges ausschweigt. Von der Imago „Knabe und Freier", die ihr oft vorschwebe und davon sie schwärme.

Kleymann ärgert sich über die naive Leichtfertigkeit, mit der die Meike das Wort Freier gebraucht, unberührt, wie es scheint, von jedem Wissen über die Frustrationen und Gefahren, die Desillusionierungen, den Ekel und die marktmäßige Gleichgültigkeit, die auf dem Strich meistens waltet. Kleymann kennts (aus Athen, von der Domplatte und anderswoher), Meike „schwärmt", soso, Kleymann trinkt weiter; und nun kündigt Meike ihm auch noch „eine Art Geständnis" an. Irgendwann müsse es ja doch sein. Daß sich in Zeiten von Kleymanns Abwesenheit der Junge Stefan bei der Meike eingefunden, begierig, mit ihr, wie sie formulierte, zu schlafen, sie mit ihm die entsprechenden Bewegungen auch vollzogen habe, und zwar oft und immer eben, wenn Kleymanns Abwesenheit sicher gewesen sei.

Konnie Kleymann stürzt in einen Abgrund. Er stellt den Becher auf den hölzernen Budentisch, und seine Lippen werden ganz fest. Die Unglücklichkeit, die ihn von einem Moment zum anderen beutelt und nicht mehr losläßt, setzt sich aus Schrecken, Angst und Verzweiflung zusammen.

Angst, weil er verliert, was ihn festhielt, was ihn festhielt: Weltbild, Identität und die Meike dazu. Er ist nicht mehr der stolze Knabenführer, griechische Weise und enfant terrible, von der backenden und wäsche-plättenden Meike bewundert. Sie ist nicht mehr die Doofe, das Mauerblümchen, die Ausnutzbare, der Anhang. In einem Augenblick ist die Aggression gegen Meikes bierselige Reden einer kindlichen Enttäuschung und Anklage gewichen: wie konntest du mir das tun! Und weil er sofort weiß, daß er sich von ihr trennen wird, daß ihre Freundschaft diesen Schmerz nicht überlebt, daß er die Meike und die Wohnung am Leipziger Platz und Küche, Kuchen und kaltgestelltes Bier verlassen und verlieren wird, überfällt ihn die Angst.

Einem Herold gleich schreitet der frühneuhochdeutsch Eloquente am Stab über den Platz, das baldige Ende des Markttreibens zu verkünden, „sintemalen die Sonne sich senket".

Verzweiflung, weil Kleymann Stefan nicht haben darf, aber andere und zwar die da. Seine zarte Haut, seine großen Augen, sein steifes Glied, sein kleines Rattenfell drumherum. Und heimlich hat man sich, hinter meinem Rücken, sie machen über mich Witze, wenn sie gerade nicht stöhnen.

Die Meike, die Dicke, die wenig Geniale, ohne revolutionäre Biographie und lorbeerumranktes Selbstporträt. Die mit dem Pudding-Abitur. Die Sau. Verzweiflung: von einem Moment zum nächsten nicht mehr wissen, was bin ich? Pädagog und ein neuer Rimbaud? Kleymann lacht blöde und böse auf und wendet sich ohne Gruß und ohne zu zahlen vom Schanktisch ab und geht weg.

Schrecken, weil Angst und Verzweiflung, Eifersucht und Verlust der Identität so plötzlich auf ihn gefallen sind. Was soll jetzt werden, alles ist aus, alles ist Scheiße, ich hau einfach ab, ich hau einfach ab. Dort läuft er: am Münster vorbei zur Weser.

Da schaut er ins Wasser, finster wie ein Selbstmörder. Er haßt diese Kleinstadt, diese eine Einkaufsstraße, in der unvermeidlicherweise der Kaffeeausschank von TCHIBO dem von EDUSCHO schräg gegenüberliegt, das schlechte Programm der beiden einzigen Kinos, die Öde, die selbst in einer Festwoche über der Stadt liegt, die Plakate zur Rattenfänger-Woche, die in jedem Schaufenster hängen, den Rattenfänger-Krug, den Rattenfänger-Schnaps, die Ratten aus Rosinenbrot und die aus Marzipan. Und als seine Gedanken auf diese ganze Rattenfängerei stoßen, an der hier die Kleinhändler verdienen und an der er auf seine Weise teilnehmen wollte, haßt er sich selbst.

Sich selbst, seinen Trieb, sein schwules Image, seine Stilisierung zum Romanschriftsteller, Titel und Inhalt seines Romans – alles das. Kleymann haßt den Doktor Hufnagel, der ihm den Wilden Peter aufschwatzen will, den Peder, den Ast, den strahlenden Held. Den Doktor Hommel mit seinen widerwärtigen Fingernägeln. Er haßt das Pack der selbstgerechten Geilschwänze und Gurus der sexuellen Befreiung. Kleymann haßt die Ratte, sieht in dem Jungen jetzt in der Tat einen Ausbund von Unrat und Heimtücke, einen schleichenden Schädling, der Gift überträgt und an allem nagt, was ihm an Haus und Herd lieb und teuer war. Er versucht, vor Wut zu zittern, daß er mit dem stumpfsinnigen Kerl, wie er ihn jetzt tituliert, anzubändeln bestrebt war, daß er sich gar in ihn verliebt hat. Er will reinen Tisch mit den Ideologien machen, die seine Verzweiflung und langjährige Einsamkeit betäuben sollten. Es sind alles Lügen.

Die Lüge von jenen Formen der Liebe und Sexualität, die, wenn auch verfemt, anderen überlegen seien. Die Lüge vom Lehren des Mannes, vom Lernen des Jüngeren in einem Eros genannten Hin und Her. Der Quatsch mit der engen und organischen Verbindung von der verbotenen Kinderliebe und der Revolution gegen Elternhaus und Bourgeoisie. Wie schal ihm diese Gemeinplätze sind.

Ein Verslein von Mackay fällt Kleymann ein, dem Anarchisten und Päderasten, dessen Bücher die Meike gerade „verschlingt", wie sie getönt hat. „Ich singe die Liebe, die ihr begraben, / die ihr in Acht gethan und in Bann, / ich singe die

Liebe des Mannes zum Knaben, / die Liebe des Knaben sing' ich zum Mann."

Wie bin ich bitter, welchen Hohn könnt ich gießen über all das! Wie soll ich denn eine Liebe „singen", die es schlichtweg nicht gibt? Sie lieben die Männer nicht, die auf den Mofas und Fahrrädern, die mit den Schmutzrändern unter den Fingern, den Ausbuchtungen in den Hosen, den in Cafés verbrachten Freistunden. Sie warten nur auf die Gelegenheit, die ihnen das eine gewährt, was sie wollen: eine Frau, die die Beine breit macht. Das gehört sich so, man kann damit prahlen, und, wer wollte es abstreiten, sie haben ein naturgemäßes Recht dazu. Natürlich geben sie unter Umständen dem Drängen eines Liebhabers nach: im Austausch gegen kurzweilige Stunden, Zufluchtsmöglichkeit, einen Ort, wo ihnen jemand zuhört oder keiner sie herumscheucht, oder einfach gegen Geld. Oder sie tuns unter Druck, oder aus Neugier, oder einmal als Abenteuer und dann nie wieder. Ach laß doch, Konni, ich mag nicht. Die Liebe des Knaben zum Mann, sagt Kleymann zu sich an der Weser, die gibt es nicht. Im übrigen spürt er einen heftigen Brechreiz.

Die andere Liebe freilich, die des Mannes zum Knaben, gibt es, aber ich will sie nicht „singen" und mich dabei zum Lackel machen, während andre die Liebe betreiben, wie die Meike, das verlogene Biest. Es gibt sie schon, diese Liebe, und ist oft traurig und voller Schmerzen. Kleymann überlegt, ob er weinen soll. Brechreiz. Die Torte, die Schnäpse.

Sie ist so freudlos, die Knabenliebe, und Kleymann will sie nicht mehr. Will sie ablegen und wegschließen. Wie es in den Bahnhofsklos stinkt, wo manche sich anbieten und andere hoffen, daß „etwas läuft". Wie gefährlich das alles ist, wie wenig Rückhalt einer hat, wenn die Justiz auf ihn einschlägt. Kleymann, der in den letzten Jahren Behaglichkeit als Palatschinken und gebügelte Hemden kennengelernt hat, fürchtet auf einmal die Unbehaglichkeit des sogenannten Strafvollzugs: weil er in diesem Moment sich keinen Rückhalt mehr denken kann. Keinen Jungen, der zugleich leugnet und sich zu ihm bekennt, und keine Meike, die für ihn Gesetzeskommentare wälzt. Wer überstehen will, seilt sich beizeiten vom Skandalösen ab, kehrt die ganze Rattenkacke weg: Pissegeruch, erzwungene Zärtlichkeit, Angst vor dem Alter und der Gefahr. Da ist also wieder einer, der die „Wonnen der Gewöhnlichkeit" sucht, bereit, in ihnen aufzugehen; Kleymann heißt er.

Wenn er gleich noch den Spätzug nach Hannover nimmt, kommt er vielleicht noch nachts bis Köln zurück. Kleymann führt der Weg zum Kaff-Bahnhof noch einmal über den Pferdemarkt. Die meisten Stände sind abgebaut, die Besucher gegangen, die Meike ist fort. In Hameln sind das Ratten-Wesen wie das Rattenfangen aus und vorbei, und auch für Kleymann ist Schluß damit. Er will kein Fiedler mehr sein, auf dessen Flöte keiner hört, kein Ritter von der traurigen Gestalt, keiner, der, während er meint zu wirken und zu betören, von Jungen skeptisch angeglotzt wird, die mit Frauen ficken und von seiner altmodischen sogenannten Revolution nichts wissen wollen.

Kleymann erbricht sich hinter dem Zelt eines Gewürzkrämers und stolpert auch noch über einen zu allgemeiner Belustigung aufgestellten hölzernen Pranger „für Marktsünder". Es war einfach zuviel Met, und dann noch die Torte und all das.

Der Pfeifer schwenkt ab

Da sehet den Troß der Ratten und Mäuse, der Knaben und Mädchen, alle gebannt und verzaubert vom Bunting, dem Wunderlichen, und seinem Geflöt! Die Bungenlosen-Gasse sind sie entlanggezogen, nun führt er sie zum Ostertore hinaus und den Kalvarienberg empor, wo sie alle auf immer verschwinden werden. Die engstirnigen Väter, die frigiden Mütter, Polizei und Grenzschutz haben das Nachsehen.

Doch da – seh ich richtig, reicht mir ein Fernrohr – er schwenkt ab, der Pfeifer, der Zauberer, der geheimnisvolle Verführer! Er versucht mit allerlei Bocksprüngen und Hakenschlagen, loszuwerden den Schwarm der Minderjährigen, der brüchigen Stimmen und knospenden Brüstchen, ihm zu entfliehen, sich abzusetzen; siehst dus? Ja, jetzt seh ich es auch! Den Deubel, er springt gar in den Fluß!

Vergebens tut ers; auf der anderen Seite gewinnt er in triefenden Kleidern das Ufer, doch die Ratten und Kinder sind ihm noch auf den Fersen, appetitlich anzusehen in ihren vom Wasser vollgesogenen Gewändlein. Das nasse Haar von Rainald ...!

Ja, Rainald ist dabei und Iris, die aus der FDJ ausgetreten ist, und Michel und Ronni und selbst Hanno, der sich umgebracht hat. Der Wilde Peter eilt, schmutzig und nackt, an der Spitze der Knaben. Wie soll der Rattenfänger seiner Bestimmung entgehen? Aufgespielt hat er sich und muß die Folgen tragen.

Da, er strebt dem Stadttor zu, läuft durch die Gassen, die ganze Meute hinter ihm drein, da – da klopft er am Rathaustor und heischt Asyl. Wirds ihm der Rat der Stadt Hameln gewähren, da doch Kleymann/Peder/Ast ein Asyl fordert, das an keine Bedingung geknüpft ist?

Kleymann steht auf der Brücke

Die Brücke heißt nach den Hohenzollern und verbindet den Deutzer mit dem Kölner Hauptbahnhof; sie ist eine Eisenbahnbrücke ohne eine Fahrspur für Autos; doch können Fußgänger neben den Gleisen her über den Rhein gehen.

Kleymann, der einen Teil der Nacht auf dem Bahnhof von Hannover gelungert hat und mit dem ersten Fernzug nach Köln gekommen ist, steht, um sich zu besinnen, im Morgengrauen auf der Hohenzollernbrücke, übernächtigt und trübe. Die ersten Lastschiffe fahren unter der Brücke hindurch, die ersten Arbeiter eilen vorbei, die ersten Züge machen die alte eiserne Brücke erschüttern. Drüben am Deutzer Ufer erscheint und verblaßt rhythmisch die Leuchtschrift 4711. Die Domplatte hinter dem Hauptbahnhof liegt noch ganz verlassen, wer sollte da jetzt sein.

Immer noch und wieder weint Kleymann vor Eifersucht und über seinen Sturz aus den Höhen des Illegal-Interessanten, seiner so literaturwürdigen Existenz, seiner Selbststilisierung zum von der Jugend Geliebten, von den Herrschenden Verfolgten --- hinab zum Hahnrei und Lebenslügner. Ich hau einfach ab, ich hau einfach ab.

Kleymann hat es verworfen, kopflos zu seiner Mutter zu fahren, die noch in der Stadt wohnt, in deren Schulen und Straßenbahnen, auf deren Stadtwallring und vor deren Fabriktoren er sich seine Mythen gesammelt hat. Er will jetzt kopflos anderswohin. Seit er in jenem Nachtzug von Hannover – alle, selbst der Schaffner, schienen zu schlafen, aber irgendwer fuhr wohl die Lok – durch die beleuchteten Stationen von Oberbarmen und Elberfeld gesaust ist, hat er stets von neuem ein Bild vor Augen, das ihn tröstet.

Er wird mit Kerstin Backes, die klug und erregend und übrigens eine Frau ist, irgendwohinfahren. Sie werden auf der Piazza Maggiore von Bologna sitzen oder an der Bernauer Straße vom Hochsitz aus über die Mauer gaffen.

Oder aber sie nehmen ein Schiff, das über Nacht von Ostende nach Dover fährt, und Kerstin liegt und schläft im Passagierdeck und er, Konni, schiebt ihr ein Kissen unter und wacht. Kleymann heult.

Kleymann heult nicht mehr. Er wird nach dem Frühstück nach Wuppertal fahren und Kerstin vorschlagen abzureisen. Sie ist der Zopf, an dem er sich aus dem Wust von Ideologien, die ihn nur unglücklich gemacht haben, herausziehen wird. Er will kein alternder Jugendbewegter werden. Und also auch nicht allein sein.

Etwas in ihm drängt ihn, nicht länger auf der Brücke zu stehen und nachzudenken, sondern nach Hause zu fahren und der Meike einen Schmerz zuzufügen. Den „Roman", zu dem beizutragen ihr Freude bereitet hat, wird er abheften, die Zettelchen mit Elementen und Ideen, die von ihrer Hand sind, wird er in den Treteimer werfen – so daß sies sieht. Soll sich an dem Ratten-Scheiß der Grass weiter versuchen! Kleymann wird etwas ganz anderes schreiben: davon, wie Jungen wirklich sind, wie sie die perversen Männer zum Narren halten, wie das Grauen von Ehen und Familien dem Unglück der lächerlichen Platoniker und Schulklowichser die Waage hält. Gelegentlich wird er das schreiben.

Heute aber wird die dickliche Meike, Völkerkundlerin und Historikerin im neunten Semester, Freundin vierzehnjähriger Jungen hinter dem Rücken derer, in denen der wahre Eros webt – Kleymann gefällt sich ungekämmt im Zynismus – wenn sie verstört heim kommt, vor dem Haus am Leipziger Platz ihren Freund Aloysius im Rinnstein, wenn nicht in einer dreckigen Pfütze finden. Kommentare wird Aloysius dazu keine mehr abgeben. Wie wird die Meike heulen, wenn sie ihn wieder hinauf trägt!

Kleymann spricht über ein Offenes Ende

Kleymann und seine Freundin gehen durch Kölner Straßen, schauen sich an, was die Schaufenster zeigen, halten sich bei ihren dicklichen Händen, und Kleymann spricht von einem „Roman", den er zu schreiben gedenkt.

Weißt du, Meike, es soll etwas anderes werden, als ich zuletzt vorhatte. Es müßte etwas sein, wovon ich so eine Ahnung hatte, als ich mit dem Skunk bei den Metallarbeitern vorbeikam, die für die 35-Stunden-Woche demonstrierten. Aus solchen Begegnungen müßte ein Konflikt hervorgehen, der so oder so Lösungen findet. Verstehst du, die verquere Jugend und die so, ja, biedere und doch für Fortschritt oder Reaktion so wichtige sogenannte Arbeitnehmerschaft. Du mußt dir den Skunk doch nur vorstellen, mit seinen Nägeln und seinen Aufschriften! Und jetzt liest er ja deinen Mühsam ... (Beiseit gesprochen: Ach, der Morgen in Wuppertal, ich noch ganz verweint und mein Kopf an seiner Schulter vor dem Brunnen in Elberfeld. Ach, der Nachmittag, als ich die Stoff-Maus in die Reinigung brachte.)

Tja, Konni, obs wohl leicht wäre, den Skunk darzustellen? Vielleicht glauben die Lektoren und Dingspumps, es gäbe solche Jungen nicht, die, wie er selbst es ausdrücken würde, so gut drauf sind. Er will übrigens morgen vorbeikommen, hat grade angerufen, als du in der Wanne warst.

Und warum lädst du Stefan nicht wieder mal ein, Meike? Meinst du, mir macht das soviel? Ich geh einfach so lange zähneknirschend ins Wellblech oder ins Misch-Masch.

Ach, halt doch den Mund, Konni. Kerstin Bakkes gibt es doch auch nicht mehr?

Was soll das, ist schon länger her. Da, der Brockmeyer hat einen Bücherkarren rausgeschoben, er scheint dem Wetter zu trauen. Stöbern wir?

Ich hab seinen Ramsch gestern schon durchgeguckt. Jack London, aber alles verknickt und verschmutzt. Es lohnt nicht, Konni.

Weißt du, Meike, wie der Film „Moderne Zeiten" endet? Wie der Chaplin da mit seiner Geliebten eine Straße davonwandert, ins Ungewisse, aber doch sein Stöckchen schwingend und in seiner sonderbaren Art zu watscheln. Man erfährt nichts weiter von den beiden. Ihr Bild wird kleiner und kleiner in einem Kreis mit sich stetig und schnell verringerndem Radius. Wie macht man sowas bei Filmen?

Ich weiß doch sowas nicht, Konni. Wir schlagens mal nach. Sieh mal den Jungen da.